文庫

雨やどり

駕籠屋《かごや》春秋　新三《しんざ》と太十《たじゅう》

岡本さとる

講談社

目次

雨やどり

駕籠屋春秋　新三と太十

一　不死身の男

一

四月に入ると初鰹《はつがつお》を口にしたかどうかで、江戸《えど》の町は賑《にぎ》やかになる。

人形町《にんぎょうちょう》の〝駕籠留《かごとめ》〟では、親方・留五郎《とめごろう》の娘で駕籠屋を取り仕切っているお龍《りょう》、お鷹《たか》姉妹が、

「さあさあ、初鰹だよ！」

「初物を食べれば七十五日、長生きをするというからね！」

相変わらずの気風《きっぷ》のよさで、駕籠舁《か》き達に数切れ振舞ってくれた。

何ごとにも動じない、新三《しんざ》と太十《たじゅう》の二人は、

「そんな値の張るものを食わせてくれなくったって……」

「おれ達は、〝もどり鰹〟で十分さ」

などと遠慮したが、江戸っ子の見栄《みえ》におかしみを覚えつつありがたくありついた。

暑くなっていくこれからは、こういう景気付けも駕籠屋には大事なのだ。

めでたく初鰹を口にした翌日。

それが幸運を呼んだのかどうかはわからぬが、新三と太十に仕事の依頼がきた。

「こちらのお二人は、実に頼りになると、お聞きいたしまして……」

と、訪ねて来たのは、横山町《よこやまちょう》二丁目の筆墨硯問屋〝大和屋《やまとや》〟の番頭であった。

その内容は、〝大和屋〟の清七《せいしち》という手代を、本所入江町《ほんじょいりえちょう》へ送り届け、また連れ帰ってもらいたいとのこと。

「その、清七さんの送り迎えを……？」

留五郎は、手代を駕籠に乗せてまで、いったい何の用をさせるのかと、小首を傾《かし》げたものだが、

「それが、清七は足を痛めておりまして……」

その上、清七でないと務まらない用なのだと言う。

〝大和屋〟はなかなかの大店《おおだな》で、留五郎の耳にもその名は届いていた。

これまでまったく駕籠の用を受けたことがなかったものの、新三と太十の評判がそれほどまでに町を駆け巡っているのかと思うと、留五郎も嬉《うれ》しくなってきて、

「左様《さよう》でございますか。新三と太十を見込んでのお申し付けとあれば、精を出してかからせましょう」

と、ひとまず引き受けたものだ。

「ありがとうございます。主人も喜びましょう」

番頭は大喜びで詳細を伝え、前金を置くと帰っていった。

その時は、新三と太十は稼ぎに出ていなかった。

「お父っさん、いいのかい？　そんな安請け合いして」

さっそくお龍が苦言を呈すると、

「清七って人でなければ務まらない、て言うのがどうも怪しいわよ」

お鷹がこれに続けた。

「だがよう、新さんと太ァさんを見込んでと言われちゃあ、こいつは断われねえだろう」

行き先は、本所入江町。鐘撞堂《かねつきどう》の北を抜けたところだと言っていた。

その辺りには岡場所《おかばしよ》があり、安女郎《やすじよろう》を求めるむくつけき男達がたむろしていて、迷い込んだら尻《しり》の毛まで抜かれてしまうような裏路地が周囲には続いていると聞く。

「他所《よそ》の駕籠屋で断わられたのかもしれねえぞ」

「そんな仕事なら、尚《なお》さらうちで受けるわけにはいかないじゃないか」

「いくら新さんと太ァさんが頼りになるからって、わざわざ二人に行かさなくったって……」

　人のよい留五郎に、お龍とお鷹は言い募ったが、

「そんならお前達は、あの二人がたかが怪しげな盛り場に恐れをなすような腰抜けと思っているのかい」

　と、やり返されると言葉が出なくなる。

　今や〝駕籠留〟の看板を背負う二人だと自慢するゆえに、姉妹は日頃、

「ますます売り出さないとねえ」

　と言いながらも、何かと二人の身が心配になる。そういう女心が留五郎には頬笑《ほほえ》ましかった。

　そうこうするうちに、新三と太十が一仕事終えて店に帰ってきた。

　一通り話を聞くと、二人は涼しい顔で、

「へい、やらせてもらいましょう。〝大和屋〟さんは、何度も前を通ったことがありますが、立派なお店で、奉公する人達も働き者で、見ていて心地ようございます」

「何やらお困りとあれば、ますます放っておけませんや」

　と、こともなげに仕事を受けた。

「でも、気をつけないとねえ」

「行く先には、怪しげなところもあるんだろう？」

何か口を挟まないといられないお龍とお鷹は、尚も不安を口にしたが、

「そんなら、芝居で使うものでいいから、刀を一振り用意してもらえますかい？」

新三はそう言って姉妹に頼みごとをした。

こんな時は、何かを託すと機嫌が好い姉妹であった。

「お安いご用ですよ。でもいったい、そんなものどうするんだい？」

「姉さん、決まってるでしょう。駕籠の垂れからそうっと覗《のぞ》かせて、お侍が乗っているように見せかけるのよ。そうでしょ、新さん」

「へい、さすが鷹さん、ほんのこけおどしってやつですよ」

「お鷹、それくらいのことは、あたしにだってわかっているわよ！」

その後は、大身《たいしん》の武士に見せるなら、細身の拵《こしら》えがよいとか、色鞘《いろざや》がよいとか、姉妹は勝手に盛り上がり、

「お前達は何を考えているんだ。大身のお侍が、町駕籠に乗って入江町辺りに行くこたあねえだろ」

とどのつまり留五郎に窘《たしな》められ、刀は剣客が持つような武骨な拵えの鞘と決めて、新三と太十は翌朝それを駕籠に積み、横山町へと向かったのである。

二

「この度《たび》は助かりましたよ。お二人の評判を聞いて是非にと思いましてねえ……」

〝大和屋〟へ着くと、わざわざ主人の六右衛門《ろくえもん》が出て来て、新三と太十にたっぷりと酒手《さかて》をはずんでくれた。

五十絡みで温和な表情を絶えず浮かべているが、若い頃にはそれなりに町で暴れていたのではなかろうかという利《き》かぬ気が、鋭い目の奥に見てとれた。

「なるほど、怪しげなところを通る時は駕籠の垂れから刀の鞘を覗かせておくか……。こいつは考えましたたな」

六右衛門は、新三と太十から竹光《たけみつ》の使い方を聞かされて、感じ入った。

そんな小細工は要《い》らないと叱《しか》られるかもしれないと思ったが、なかなかに洒脱《しゃだつ》な人となりが窺《うかが》える。

新三と太十も嬉しくなってきたが、件《くだん》の手代・清七はというと、細身で面長の色白で、筆墨硯問屋の手代に相応《ふさわ》しい誠実さを醸していた。

彼は右足を引きずり、体を杖《つえ》で支えていた。

「生憎《あいにく》、このあり様でございまして、お世話になります」

話し口調も商家の水に洗われた、商人の凜々《りり》しさに溢《あふ》れている。

なるほど、六右衛門が清七にしか任せられないと思う仕事もあるのであろう。

「しっかりとした手代なのですがね。ご覧のようにやさしい男で、おまけに足を痛めております。色々と手間をとらせるかもしれませんが、何卒《なにとぞ》よろしく頼みますよ」

言葉を添えてやる様子からも、六右衛門の清七への期待と信頼が見てとれる。

「これは畏《おそ》れ入ります。色んなお客をお乗せして、色んなところを通ってきているあっしらでございます。まずお任せくださいまし」

新三がそのように告げると、太十がさっと垂れを上げ、清七を駕籠に乗せて、

「そんなら、やらせてもらいます」

新三と息もぴったりに、駕籠をふわりと持ち上げた。

この間、二人は六右衛門には何も深く問わなかった。

すべては清七の指図に従い駕籠を担ぐ意思を示したのだ。

「ヤッサ」

「コリャサ」

掛け声も勇ましく、両国広小路《りょうごくひろこうじ》の雑踏へと向かう二人を見送りながら、六右衛門は

満足そうに頷《うなず》いていた。

「足の方は痛みませんかい？」

駕籠を進めながら、新三と太十は時折声をかけたものだが、

「足を休めたい時は、いつでも声をかけておくんなさい」

「はい、ありがとうございます……」

丁寧に応《こた》えるものの、清七の声は固く緊張していた。

彼にしかこなせない役目というのは、なかなか大変な仕事なのであろうか。

気になるものの、駕籠屋はどこそこまで行ってくれと言われたら、それだけを考えていればよいのだと新三と太十は割り切っている。

何も問わずに軽快に走った。

件の竹光は、目立たぬように袋に包み、今はまだ駕籠の中に、上手《うま》い具合に結び付けてあった。

清七は黙って乗っていたが、〝大和屋〟を出る前に、目的地へ行く手前に物騒なところにさしかかるから用心をしてもらいたいと言っていた。

留五郎の予想通り、そこが新三と太十に頼んできた理由のようだ。

両国橋を渡ると、竪川《たてかわ》沿いに進み、一ツ目之橋《ひとつめのはし》を過ぎた辺りで、新三と太十は駕籠

を川端に一旦《いったん》止めて、段取りを打合せた。

まず竹光を袋から出し、そこからは駕籠の垂れを両側とも下ろし、隙間《すきま》からそっと刀の鞘を覗かせて走る。

おかしな連中が通りかかったら、いかにも強い剣客を乗せているふりをして、それらしく言葉をかけるので、

「うむ……！」

と、ただ唸《うな》ってくれたらよい。

それでも絡んでくる奴がいたら、こちらも対処を考えるので任せてもらいたいと新三と太十は清七に告げた。

そんな話をするうちに、清七は彼らを頼みに思うようになってきた。

二人は一対の金剛力士《こんごうりきし》像《ぞう》を思わせる、いかにも屈強そうな体付をしているし、聡明な清七には、二人が体力だけでなく智恵をも備えていると確信出来たのだ。

「委細、承知いたしました。この上は、何故足を痛めたわたしが、わざわざ駕籠に乗っていかがわしいところに出かけねばならないかをお話しいたしましょう」

彼は事ここに至ってそう言った。

「よろしいのですか？」

新三が問うと、

「はい、どうせわかることでございますから」

「そんなら、入江町に何をしに行くか、それだけお聞かせいただけたら、こっちも仕事がし易《やす》うございますよ」

それが新三と太十の本音であった。

客の事情は、ある程度知っておくに限るが、深く関ってしまうとかえって面倒でもある。

どこで誰に会うかだけ、わかっていればそれでよい。

「そう言っていただけるとありがたいです。何も言わずに危ないところへ連れて行ってもらうのも気が引けますのでね」

清七は、新三と太十の駕籠屋としての心得が嬉しかった。

「わたしは、これからある人に、ちょっと込み入ったお願いをしに行くのです」

「清七さんでないと、頼みごとができないお相手なのですね」

「はい。わたしの父親でございまして……」

清七はそう言って顔をしかめた。

三

清七の父親は、宗兵衛《そうべえ》という。

歳は四十を少し過ぎたくらいで、万屋《よろずや》を生業《なりわい》として暮らしている。

かつては神田佐久間町《かんださくまちょう》に住んでいて、その時におのぶという娘と恋仲になり、一緒になって出来たのが清七であった。

万屋というのは、文字通り何でも屋で、宗兵衛は若い頃から人からの頼まれごとは、どんなことでも引き受けてきた。

おのぶは、そんな俠気《おとこぎ》に充《み》ちた宗兵衛に惚《ほ》れたのだが、借金の取り立て、喧嘩《けんか》の仲裁など、危ない仕事を依頼されることもあり、彼はその都度、腕と度胸で収めてきた。

とはいえ、悪党相手となると容赦なく暴れ回るゆえ、恨みを買うこともしばしばで、それをまた腕尽《うでず》くで切り抜けるという荒っぽい暮らしが続いた。

そんな危ない仕事は引き受けずに、口入屋《くちいれや》を正業にするとか、何か小商いでも始めようとおのぶは言うのだが、

「こんなおれを頼ってくれる人がいるんだぜ。そいつを無下《むげ》に断われねえじゃねえか」

宗兵衛は女房の言葉にとり合わずに、相変わらず悪党相手に暴れ回って暮らした。

そうなると、時におのぶと清七にも危険が及んだ。

女房子供を攫《さら》って、宗兵衛をおびき出し、仕返しせんとする奴が現れたのだ。

だが何ごとにも抜かりがない宗兵衛は、その都度見事に危険を察知して二人を逃がし、二度とそんな気を起こさぬほどに敵を痛めつけたものだ。

しかし、逃げたり身を潜めたりさせられる方は堪《たま》ったものではない。

「このままでは、この子の行く先が危ぶまれます！」

おのぶは、元来おっとりとして心やさしい清七を、宗兵衛の傍《そば》に置いておけないと、彼が十二の時に家から連れて出て、かつて自分の母親が奉公していた〝大和屋〟へ、奉公をさせたのである。

宗兵衛は、おのぶのすることには文句を言わないと心に決めていたので、渋々これを許した。

「考えてみりゃあ、その方が思いのままに暴れられるってもんだ。倅《せがれ》は、おれとは似ても似つかねえやさ男だから、商人になって人にお愛想を言ってりゃあいいさ」

その折はこんな風にうそぶいてみたが、これがまたおのぶの怒りを買い、おのぶは親類を頼って、品川《しながわ》の宿へ行ってしまった。

「ふん、勝手にしやあがれ……」

宗兵衛は、その後、佐久間町を出て本所入江町に移り住んだ。

ここには荒くれがくさるほどいるので、心おきなく暴れられると思ったのであろう。万屋稼業に精を出し、ますます暴れ廻った。

そしていつしか、誰からも一目置かれる男となり、近頃では町の裏事情に詳しいということで、町奉行所の廻《まわ》り方《かた》の同心《どうしん》から手札を与えられ、探索に一役買っているのだ。

とはいっても、

「お上《かみ》の御用を笠《かさ》に着ていると思われちゃあ傍《かた》ら痛《はいて》えや」

密偵のような真似はせず、どんな時でも身ひとつで正面からぶつかり、破落戸《ごろつき》共《ども》を震えあがらせているとか。

話を聞いて新三は、

「ははは、そいつは大したお人じゃあありませんか」

思わず笑ってしまったが、

「大したお人？　とんでもないことですよ。あの人のお蔭で、おっ母さんとわたしが、どれだけ大変な想いをしたことか……」

清七は、たちまち表情を曇らせた。

「まあ、そりゃあ、そうでしょうねえ……」

新三は口を噤《つぐ》んだ。

「そんな大変な親父さんに、どうしてまた、会いに行くんです？」

太十が訊《たず》ねた。

「わたしにとっては憎い父親でも、いざという時は頼りになるそうです。それで、折り入って頼みたいことがありまして」

「なるほど、そいつは清七さんでないと務まりませんねえ」

太十の言葉には、人の心を落ち着かせる響きがある。

「自分のためなら、死んだって頼ったりするものじゃあありませんが、お世話になったお店のためとなりますと、仕方がありません」

どうやら、〝大和屋〟には今、人に言えない難儀が降りかかっていて、宗兵衛に力になってもらえるようにと、清七に白羽の矢が立ったらしい。

清七は喋《しゃべ》り過ぎたかと、ここで次の言葉を呑《の》み込んで、

「まあ、とにかく、万屋の宗兵衛親分にわたしが会って話をしなければいけないことになったわけです。まったく、危ないところに住んでいるのも迷惑な話でして、三日前に訪ねてみれば、親分の許《もと》に辿《たど》り着くまでにこの始末です」

清七は溜息《ためいき》をついて、自分の右足を見た。

「ああ、そういうことでしたか……」

新三は合点がいったと、太十と頷き合った。

清七は、三日前にまず一人で入江町に向かっていたのだ。

そこで破落戸達に絡まれて、金を奪われたあげくに、足を痛めた。そして、その日はもう会いに行くのを諦《あきら》めたらしい。

「何とか足を引きずりながら、北辻橋《きたつじばし》まで行きましてね。そこに存じよりの船宿がありまして、何とか手配をしていただいて、店まで帰ったというわけです」

「そいつはお気の毒でしたねえ」

新三は神妙に頷いてみせた。

「はい。まったく情けない話です。あの人に関わると、とにかくろくなことがありません。おっ母さんは間違っていなかったと、つくづく思わされましたよ」

「その親父さんに頼らないといけないのは、皮肉な話ですねえ」

太十が相槌《あいづち》を打った。

清七は苦笑いを浮かべて、

「そうですねえ。皮肉な話です」

「この機会に、今までの貸しをしっかりと返してもらったらどうなんです?」

新三がにっこりと笑った。

「ええ、そうしてもらいますとも。物騒なところへ連れていってくれなどと、無茶なお願いをしたのはそういうわけでございまして、ひとつよろしくお頼み申します」

清七は、新三と太十にひとつ頭を下げた。

「とんでもねえ、あっしらは駕籠屋の務めを果すだけでさあ」

「さて、参りましょう」

「物騒なところにさしかかれば、わたしはお侍のふりをして、低い声で唸っていればよいのですね」

話すうちに三人の気心が知れてきた。

〝大和屋〟がどんな事情を抱えているのかは知らないが、新三と太十は怖ものながら宗兵衛という男を見るのが楽しみになってきた。また、健気《けなげ》にお店のためと、憎い父に会いに行く清七に、肩入れをしたくなってきた。

「ヤッサ」

「コリャサ」

新三と太十の駕籠は、清七を乗せて本所竪川沿いを東へ、軽快に走り始めた。

四

竪川を東へ行くと、やがて本所を南北に流れる横川《よこかわ》にぶつかる。

ここに架かっているのが北辻橋で、その手前を北へ向かうと鐘撞堂がある。

この辺りまで来ると、次第に盛り場特有の匂《にお》いや空気が漂ってくる。

日暮れてからは闇《やみ》に恥部が隠れ、眩《まばゆ》いばかりの灯《あかり》に妖《あや》しく彩《いろど》られる色里《いろざと》も、まだ朝のうちはほとんど人通りもなく、夜の夢から醒《さ》めた通りは薄汚れていて何ともけだるい。

鐘撞堂は文字通り、時の鐘を撞く鐘楼《しょうろう》のことで、江戸に数ヵ所あった内のひとつである。

それゆえ、入江町の岡場所へ遊びに行く者は、

「鐘撞堂へ行くかい？」

というのが、合言葉になっていたらしい。

その岡場所は鐘撞堂の向こうに広がっている。

清七の話では、切見世《きりみせ》が続く道を選ばず、川岸の通りをさっとやり過ごそうとしたのだが、その先にあるはずの宗兵衛の住まいが入り組んだ路地にあって道に迷ったのだそうな。

そのうちに、

「お前、何を嗅《か》ぎ回ってやがるんだ？」

と、頬に傷のある破落戸に絡まれ、

「人を探しているのです」

応えるや、

「そんなら通り賃をもらおうか……？」

とたかってきて、断ると手にした太い杖で膝頭《ひざがしら》をしたたかに打たれ、紙入れの金をむしり取られたという。

その路地がどの辺りであったか忘れてしまったが、川筋から入って大きな桜の木が立つ角を右に曲がり、そこをしばらく真っ直ぐに行くと、丸に宗の腰高障子《こしだかしょうじ》がある仕《し》舞屋《もたや》が見えてくるはずであった。

「何かあったら訪ねてきな」

以前、宗兵衛が〝大和屋〟に文を送ってきたことがあり、そのように認《したた》められてあったから確かなはずだ。

訪ねて来いと言われても、何があっても行くものかと思っていただけに、訪ねる自分も情けなければ、辿りつけなかった自分はもっと情けなかった。

「ヤッサ」

「コリャサ」

新三と太十は、川岸から桜の立木を認めてその方へと駕籠を進めた。

既に駕籠の内からは竹光の鞘が覗いていた。

これまでも、人相風態《にんそうふうてい》の怪しい男達と何度かすれ違ったが、その度に新三と太十が、

「先生、この辺りで一休みなさいますか？」

「え……？　まだよろしゅうございますか。へい、畏まりました」

などと駕籠の中の清七に問いかけ、

「いや、よい……」

清七は唸り声を絞り出して応え、何とかやり過ごしていた。

「さて、ここから路地へ向かわせてもらいます」

新三はそう告げると、桜の立木まであっという間に辿り着いたが、そこでふっと立ち止まった。

ここを曲がって真っ直ぐというが、その先は一本道ではなく、細い路地がうねっている。

「先生、ここを曲がっちゃあいけねえと思いますがねえ」

駕籠舁きの勘で、この先にそんな仕舞屋があるようには思えないのだ。

直っ直ぐにというなら、もっと一本道であるはずだ。

「なるほど、確かにそうですねえ……」

思わず清七が、〝先生〟を演じるのを忘れ、やさしい声で応えた。

しまったと、駕籠の中で口を押さえている姿が、新三と太十には見える。

新三も、思わず普通に問いかけてしまったことを悔やんだ。

折悪くそこに、若いのを三人引き連れた破落戸の兄貴格が通りかかって、

「おやおや、駕籠から刀が覗いているかと思えば、随分《ずいぶん》とおやさしい旦那《だんな》のようで……」

と、絡んできたのだ。

新三と太十のことである。

こんな連中をけ散らすのはわけもないが、それでは騒ぎになろう。

駕籠舁きに殴られるのと、駕籠の中の凄腕《すごうで》の剣客にやり込められるのでは、引っ込みのつき方が違う。

新三と太十は阿吽《あうん》の息で、駕籠を板塀の脇に寄せると、

「やさしい旦那？　何を聞き違えたかしりやせんが、そいつは先生に無礼だと思いますがねえ」

新三が兄貴格に言った。

「無礼だと？　そんならきっちりと詫《わ》びるから、その先生とやらを降ろしてくんな」

しかしこ奴は、ますます怪しいと言い募ってきた。

「降りる降りないは、先生の勝手ですぜ」

太十は釘《くぎ》をさしておいて、塀側に跪《ひざまず》き向こう側の垂れを上げた。

そこで、清七に目配せして、自分の姿は見せぬようにと合図すると、

「先生、何です……？」

伺いを立てるふりをした。

「おいおい、芸が細かいぜ。どうするんだい、早く降りてこねえかよう」

兄貴格は、嘲笑《あざわら》うように駕籠へ寄ってきた。

太十の姿は駕籠で隠れている。

彼は、駕籠の中で刀を手に取り、垂れの隙間から、

「無礼者めが！」

低く唸るような声と共に、鞘を突き出した。

「うッ……！」

鞘は兄貴格の鳩尾《みぞおち》を見事に突くと、再び駕籠の中に消えた。

実に鮮やかな太十の一撃であった。兄貴格はそのまま地に倒れた。

新三は呆気《あっけ》に取られる若い連中に、

「先生を怒らせちゃあいけませんぜ！　早くお逃げなせえ」

と、切羽詰《せっぱつま》った声で言った。

「先生！　こんなところで殺生はいけませんぜ！」

それに太十が泣きそうな声で続けた。

破落戸達は、やはり駕籠の中には凄腕の剣客が潜んでいたのだと思い込み、

「い、命ばかりはお助けを……」

太十に突かれて座り込む兄貴格を抱き起こして連れて逃げたのである。

新三と太十は大仰《おおぎょう》に、ほっとした様子を見せて、

「はあ、うまくいきましたよ。こっちもすぐに逃げやしょう」

新三は危ないところであったと清七に声をかけると、桜の木のところを右に曲がらず、さらに太十と駕籠を先に進めた。

この頃には、もう一方の垂れも太十によって下ろされていた。

「恐らくここを右ですぜ」

少し進んだところに梅の木があり、二人は駕籠を担いだまま、そこで立ち止った。

梅の木の右側は一本道で、その向こうに建ち並ぶ民家が見える。

「桜と梅を間違えたようですねえ」

太十がにこやかに言うと、

「うむ……、そのようじゃのう。このままやってくれ」

清七の渋い声が聞こえてきた。

今頃、剣客のふりをしなくてもよいものを――。

新三と太十は、それがおかしくて頬笑みながら、

「ヤッサ」

「コリャサ」

と、その一本道を先に進んだ。

すると一町ほどで、㊪と書かれた腰高障子の仕舞屋に行き着いたのであった。

五

「どうやらここのようですぜ」

新三は駕籠を地に下ろすよう太十に合図をして、清七を駕籠から外へ出した。

その途端《とたん》、中から男のだみ声が聞こえてきた。

「おう！　何をしけた面《つら》アしてやがるんだ。もっと賑やかにやれ！」

清七が、安堵《あんど》と怒りが入り交じった複雑な表情を浮かべた。

どうやらそれが宗兵衛の声らしい。

「ここに間違いありません。すぐに会えてよかったです……」

清七がぽつりと言った。

いなければ、帰ってくるまで待つつもりでいたのでそれは幸いであるが、いよいよあの乱暴者と再会するかと思うと、やはり気が重いらしい。腰高障子の前に立って、入るのを逡巡《しゅんじゅん》した。

「おう！　誰でぃ！　おれの家の前でうろうろしてやがるのは！　面ァ見せやがれ。さもねえとこちらから打って出るぞ！」

するど、目敏《めざと》く訪問者を察知したのか、中から咎《とが》める声が響いてきた。

さすがの新三と太十も、声の主が清七の父親でなければ、すぐにでも退散したい恐ろしさであった。

清七は、無念の表情を浮かべて新三と太十に頷くと、

「わたしですよ……」

やり切れぬ声で戸を開けた。

中では宗兵衛が、いかつい顔をした男三人相手に酒を飲んでいた。

「誰でえお前は、若《わけ》えのに駕籠で乗りつけるたあ、小癪《こしやく》な野郎だ！」

そして雄叫《おたけ》びをあげる宗兵衛の周りで、三人はそのいかつい顔をひきつらせていた。

「小癪な野郎は、あんたの倅ですよ」

清七は、やれやれという顔で父親を見つめた。

「おれの息子……？　お前……、清七かい？　ははは、清七じゃあねえか！　よく来たな。まあ上がってくれ。いやいや、ちょっと見ねえ間に、お前、大人になったじゃ

あねえか。もう女の味を知りやがったか！　ははは、憎い奴だねえ」

清七は笑いも出来ず、

「今は取り込み中ですか？」

小さな声で訊ねた。

「取り込み中ってほどのもんじゃあねえんだ。今しがたこの三人が、外で味な真似をしていやがったので、ちょいと痛めつけてやったんだが、そのままじゃあ後生が悪いから、こうやって手打ちの宴《うたげ》を開いていたってわけだ。なあ、喧嘩の後の酒ってえのは楽しいなあ……。やい！　何でえそのしけた面は！　お前らは楽しくねえってえのかい！」

「楽しいわけがないでしょう。親父殿に、痛めつけられた傷が疼《うず》くんですよ」

「なるほど、そうか……。清七、お前、よく気が廻るじゃあねえか」

哄笑《こうしょう》する宗兵衛を見て、新三と太十は頬笑んだ。

巌《いわお》のごとき体軀《たいく》。骨張った顔付き。猛獣のごとき目付き。そして声――。

宗兵衛が、二人の思い描いた通りの男であったからだ。

なるほど、この男に物を言えるのは、倅だけかもしれない。

宗兵衛は清七に窘められたのが嬉しいのか、いかにも愉快そうに、

「こいつはおれの倅なんだ。ははは、好い男だろう。ちゃあんとした老舗《しにせ》の手代なんだぜ。まあ、手代にするために清七なんて名をつけたわけじゃあねえんだがよう」

話が前へ進まないので、

「ちょっと、話したいことがあって訪ねてきたのです」

清七はきっぱりと言った。

「話してえこと？　おれに頼みてえことでもあるのかい」

「まあ、そんなところですよ」

「そいつは嬉しいねえ。おう、お前らとの手打ちはまた改めて、な」

宗兵衛は、三人組に片手拝みをしてみせた。

「いえ、もう十分に親分の気持ちは頂戴《ちょうだい》いたしましたので」

「改めてくださらねえでもよろしゅうございます」

「おおきに、おやかましゅうございました」

三人は、よくぞ現れてくれたと清七を拝みながら、そそくさと去っていった。

宗兵衛は、もう三人には目もくれず、にこやかに清七を眺めていたが、

「ところでお前、足を痛めているのかい？」

清七の異変に気が付いて、眉《まゆ》をひそめた。

「ええ、桜の木の角を曲がってみたら、おかしな道に出ましてね」

「馬鹿野郎、曲がるのは梅の木の角だよ」

「あんたが桜の木と書いてよこしたんですよ！」

清七は、以前もらった文を掲げてみせた。

「ははは、こいつはいけねえ、間違えたのはおれだ」

「笑いごとではありませんよ」

清七は口惜《くや》しくなってきて、何故自分が駕籠に乗って訪ねてきたのか、これまでの経緯《いきさつ》をぶちまけた。

「わたしは決して訪ねたくて来たわけじゃあないのです。それなのに、梅と桜を間違えられてこの様ですよ」

宗兵衛も倅には弱いのか、目を丸くして、

「そいつはすまなかったな。そうかい、今日は出直しってわけか。駕籠屋の衆もよくやってくれたな」

宗兵衛は、鮮やかに破落戸を退散させたという新三と太十の話も聞いて、二人を労《ねぎら》った。

とんでもない荒くれで迷惑な男のようだが、彼なりに義俠《ぎきょう》は重んじるようだ。

「いえ、あれは駕籠屋の智恵でございまして」

太十が頭を掻《か》いた。

「智恵があっても、そいつを活かすのが難しいんだよ。気に入ったぜ」

「畏れ入ります……」

新三と太十は頭を下げて、

「そんなら、色々とお話もあると思いますので、あっしらはちょいと外しております」

と、新三は言ったが、

「いや、その前にまた倅を乗せてやっておくれな。ちょいと立ち寄っておきたいところがあってな」

宗兵衛は立ち上がって家を出ると、清七を駕籠に押し込んだ。

「どこへ行くのです?」

清七は戸惑ったが、

「お前の話を聞く前に、すっきりとしておきたくてな」

宗兵衛は有無を言わさぬ勢いで、歩き出した。

腰には一尺あろうかという長い銀煙管《ぎんギセル》。

宗兵衛に話があって来たのである。清七はついていくしかない。

新三と太十は駕籠を舁いて後に従った。

すると宗兵衛は件の桜の木の角を南の方に曲がり、岡場所の外れに進んで行く。

そこには妓楼《ぎろう》の裏手の空き地があり、むくつけき男が数人、ござを地べたに敷いて小博奕《こばくち》に打ち興じていた。

男達は近付いてくる宗兵衛の姿に気付き、一斉に手を止めて立ち上がった。そして皆一様に引きつったような笑いを浮かべて彼を迎えた。

「こいつは親分、まさか取り締まりに来たわけじゃあねえですよね」

その中の兄貴格の男が、へらへらと笑いながら言った。

「こんなしけた博奕にいちいち目くじらを立てるようなおれじゃあねえや」

「へへへ、そうこなくっちゃ……」

「按吉《あんきち》、お前に会わせてえ男がいるんだ」

「おれに会わせてえ男が?」

按吉と呼ばれたやくざ者は、首を傾げた。彼の頬にはそれが看板の切られ傷がある。

「そうよ。まず会ってやってくれ、おれの倅だ」

宗兵衛はそう言うと、新三と太十に振り向いてひとつ頷いた。

新三と太十は駕籠から清七を降ろした。

その途端、清七と按吉は顔を見合って互いに驚いた。

「あッ！　お前は……！」

清七の足を痛めつけ、金をたかったのは按吉であった。

「清七、お前を痛めつけやがったのはこいつだな？」

宗兵衛が清七に念を押すと、連中は蜘蛛《くも》の子を散らすように逃げ出した。

「待ちやがれ！」

宗兵衛は素早《すばや》くござを引っ張ると、取り乱してござの上を走らんとした按吉の足がもつれた。

そこを逃がさず、宗兵衛は按吉の奥襟《おくえり》を摑《つか》むと、ぐっと引き寄せて拳《こぶし》を胴にめり込ませた。

「お、親分、勘弁してくだせえ……」

按吉は声を絞り出して許しを乞うた。

「勘弁ならねえ！　よりにもよっておれの倅を痛めつけて金をたかりやがったな！」

宗兵衛は前のめりになった按吉を蹴《け》り倒した。

強い。実に強い――。

新三と太十は宗兵衛の強さに見惚《みと》れた。

喧嘩の仕方に無駄がない。

ここまでくれば、武術のひとつと言ってもおかしくなかろう。

「親分の若旦那と知っていたら手出しはしませんでしたよ……」

「馬鹿野郎！　そんな言い訳が通るかい！　お前も同じ目に遭わせてやらあ！」

宗兵衛は腰に差していた銀の長煙管を引き抜くと、按吉の膝頭を打ち据えた。

「痛えッ！」

按吉は右の膝を抱いてのたうった。

「いいか！　弱《よえ》え者にたかるんじゃあねえ。次はしょっ引くぞ！」

宗兵衛はもう一度、按吉の背中を蹴りとばすと、

「清七！　お前の仇《かたき》を討ってやったぞ。さて、話を聞こうか……」

宗兵衛は、意気揚々と引き上げたが、清七は既に駕籠の中にいて、深い溜息をついていた。

六

それから清七は、

「まるで変わっちゃあいませんねえ」

自分を連れ出して、目の前で相手を痛めつけることもないだろうと、宗兵衛を詰《なじ》った。

「あんな野郎を放っておいちゃあ、人様のためにならねえ。お前には襲ったのが奴かどうかを確かめてもらっただけだぜ」

宗兵衛は、仇を討ってやったというのに不満気な清七の心の内がわからず、彼もまた口を尖《とが》らせた。

「わたしを酷《ひど》い目に遭わせた相手が誰なのか、話を聞いただけでわかるのなら、あんな連中はそもそも野放しにせず、取り締まればよいのです」

と、清七。それに対して宗兵衛は、

「お前もわかっちゃあいねえな。世の中にはなあ、お前みてえにまっとうな道を歩みたくてもままならねえ奴らが大勢いるんだ。奴らを追い込めば、人殺しになるしかねえんだよ」

悪党達の存在を認めてやりつつ、按吉のような非道なことをしでかす奴はとことん懲らしめてやるのがおれのやり方だと説く。

新三と太十にとってはどちらの言い分も正しく、父と子であっても、違う世間で長い間別れて暮らしていると、まったく意見が分かれるものなのだと妙に感心してしまった。

それでも一切口は挟まず、清七を横川辺の一隅で一旦降ろして、宗兵衛との対話の場を作り、自分達は遠く離れて見守った。

人に聞かれたくない話なら、外でするに限る。

宗兵衛の姿を認めた悪党達は、決して彼の傍に寄って来ないのだから。

父子は久しぶりの対面であった。

宗兵衛は、息子が何の用であれ自分を訪ねてくれたことが嬉しく、長く会っていない間の出来事など訊ねたが、清七は終始冷淡な態度を崩さなかった。

用件だけを伝え、その返事だけをもらえばそれで用は済むのだと清七は考えていた。

無駄口は叩かず淡々と理由を伝えたのであった。

何を話しているのかは、新三と太十には聞こえなかったが、宗兵衛が不敵に笑う様子は届いた。どうやら、

「そんなことは朝飯前よ！」

と、言っているらしい。

「太十、清七さんの顔が立てば好いなあ」

「ああ。宗兵衛親分は、何をしでかすかわからねえが、頼りになるお人だというのは確かだ」

二人は、ぼんやりと不思議な父と子の様子を眺めていたが、やがて宗兵衛が手招きするのを認めた。

「おっと、話はもう済んだようだな」

新三と太十が駕籠を担いで清七を迎えに行くと、

「駕籠の衆、新さんと太ァさんと呼ばせてもらうぜ」

にこやかに前置きした上で、宗兵衛は渋い表情で立っている清七をちらりと見て、

「話は一通り聞いたよ。頼みごとを片付けるには、清七にも付合ってもらわねえといけねえ。すまねえがお前ら二人で、明日も倅を乗せてやっておくれな」

と言った。

「へい、そりゃあ、お望みとあれば、あっしらは駕籠屋でございますから、いくらでも乗ってやってくだされればありがたいことでございます」

新三が返すと、

「ありがたいと言ってくれりゃあ何よりだ。ついてはお前ら二人にも、ことの次第を知っておいてもらいてえんだ」

宗兵衛は思いの外、分別くさい口調で二人に告げたものだ。

「へい、そいつはありがとうございます」

「決して口外いたしません」

「ですが、あっしらの親方だけには打ち明けておきとうございます」

新三と太十は代わる代わる応えた。

清七がどんな密命を背負っているのか——。

そこはやはり知っていた方が、この先も仕事を続けるのであればありがたい。

そしてその内容は、親方の留五郎には伝えておくべきであろう。

「うむ。そいつは道理だ。清七、いいな」

宗兵衛は、危険を孕《はら》んでいそうな仕事を、事情を聞かされる前から引き受ける新三と太十を大いに気に入っていた。

二人の物の考え方も当を得ている。

「はい。事情も告げずに危ない仕事をお願いするのは気の毒ですからね」

清七にしてみると、凶暴な宗兵衛と二人ではなく、そこに新三と太十が何もかも知った上で付合ってくれる方が心強い。

宗兵衛と清七は、この駕籠舁き二人が、ぎこちない父子の間を上手く取り次いでくれるのではないかという期待を、いつしか互いに抱き始めていたのである。

「新三さんと太十さんを、男と見込んでお話しいたします……」

清七は改めて二人に事情を語り始めた。

「実は、〝大和屋〟の若旦那が、俄《にわか》に出奔してしまいまして……」

若旦那は徳太郎《とくたろう》という。

歳は二十歳を過ぎたところで、かねてから放蕩《ほうとう》を繰り返していた。

当主の六右衛門も、跡を継ぐまでは随分と遊んで、親を困らせたものだ。

それゆえ、若い頃はそれくらいの面白味がないといけないなどと言って大目に見てきたのが災いした。

朝帰りが重なったとて、まさか家を空けるようになるとは思いもかけなかったのだ。

〝大和屋〟は、筆墨硯問屋でも老舗の誉れが高く、大名、旗本、寺社の御用をいくつも務めている。

その跡取り息子が出奔したというのは、あまりにも外聞が悪い。

いきなり役所に届けたりせず、もう少し様子を見てみようということになったが、二日が過ぎても徳太郎は帰ってこなかった。

その上に、気になることを聞いた。

その情報をもたらしたのは、本所石原町《いしわらちょう》で絵草紙屋を営む、大橋屋《おおはしや》哲蔵《てつぞう》という男で、店に筆を求めに来て、

「つかぬことをお聞きいたしますが、こちらの若旦那は、徳太郎さんでございますか」

と店の者に訊ねた。

隠したとて仕方がない。番頭が出て、

「はい、左様でございますが、どうかいたしましたでしょうか」

と、応対すると、

「ああ、いえ、おかしな噂《うわさ》を耳にしてしまいまして……」

「おかしな噂？」

昨日、哲蔵が近くのそば屋で遅めの昼をとり、軽く一杯やっていると、隣の小上がりにいた二人組が、

「大和屋といやあ大店だぜ。そこの若旦那がまさか……」

「いや、おれは確かに聞いたんだ。徳太郎って倅が、よせばいいのにわけありの女にのめり込んで家に戻れなくなっているってよう」

「家に戻れねえだと？　どういうことだ？」

「いや、おれもそこまでは聞けなかったんだがよう。何やらおかしな野郎が絡んでいるらしいぜ」

「ふん、どうせその辺りの性悪女に騙《だま》されたんだろうよ。おかしな野郎が絡んでいるなら、余計な口は利かねえことだ」

「そうだな、忘れちまうに限るな」

そんな話を始めて、そそくさと店を出ていったらしい。

「わたしもとるに足りない噂話だと思ったのですがね。近々、大和屋さんで筆を求めたいと思っていた矢先に聞いたものですから、どうも気になりまして」

哲蔵はそう言って頭を掻いた。

番頭は衝撃を受けたが、そこは冷静になって、

「どうしてそんな噂が立ったのでしょうねえ。確かにうちの若旦那は遊び好きではございますが、家に戻れないなどと、それはただの噂に過ぎません」

と、応えた。

「左様でございますか。これは申し訳ございません。戯《ざ》れごとを真に受けてしまったようです。余計なことを申しました……」

大橋屋哲蔵は、平謝まりで帰っていったのだが、それから〝大和屋〟は大変な騒ぎになった。

徳太郎が、おかしな女にひっかかってしまって、何者かに捕っているというのは十分考えられる話であった。

金ですむ話ならよいが、そこに人の恨みが絡んでいたらおかしなことになろう。

とはいえ、まだそうと決まったわけではない。

今日にもひょっこりと帰ってくるかもしれない。

番頭は店の者をすぐに本所石原町に走らせ、大橋屋が実在するか確かめさせた。

すると絵草紙屋は確かにあり、哲蔵が小僧一人を使って店に出ていたという。

となれば、哲蔵がたまたまそば屋で徳太郎の噂を耳にしたというのはあながち嘘《うそ》でもなかろう。

だが、哲蔵の言う二人組が誰かはわからないし、その二人もまた人伝《ひとづ》てに聞いた話だとすれば、またそこから先の人物を探らねばならない。

おまけにその舞台が本所界隈《かいわい》となれば、この辺りをそっと探索するのは、〝大和屋〟の手ではとても出来ない。

主人の六右衛門は、

「もうあんな奴のことはどうでもいい。久離《きゅうり》を切って勘当してやる！」

と息まいたがそうもいくまい。

店の者達がこれを何とか宥《なだ》めて、

「しかるべき筋に頼んで、密《ひそ》かに若旦那を見つけ出して、ことを収めてもらいましょう」

というところに落ち着いた。

そこで浮上したのが、清七の実父・宗兵衛であった。

店の古参の奉公人達は、清七がいかなる事情で〝大和屋〟に奉公に上がったかをよく知っている。

宗兵衛が不死身の男で、神がかった喧嘩の強さをもって、時に御上の御用を務めていることも――。

清七は奉公に上がって以来、六右衛門には随分と目をかけられ、やがて番頭となって暖簾《のれん》分けに与《あずか》るのは確実だと見られている。

その清七が、徳太郎の出奔に心を痛めていて、何とかして主の役に立ちたいと思っているのは誰もが知るところであるから、複雑な事情を乗り越えて、宗兵衛との繋《つな》ぎ役になってくれるであろう。

そして六右衛門もこの意見を取り入れ、清七に頼むと、清七は是非もないことだと、自分が父と共に徳太郎探索に当ると誓ったのである。

そうして、清七の奮闘が始まり、会いたくなかった父・宗兵衛との再会が果されたというわけだ。

清七の話が終ると、宗兵衛は、

「新さん、太ァさん、まずそういうことなんだ。おれは徳太郎っていう若旦那の顔は知らねえから、清七を連れて歩かねえといけねえ。そのためにはお前ら二人がいるってわけさ」

もちろん一緒に動くことはないが、付かず離れず清七を駕籠に乗せていてもらいたいと、改めて新三と太十に注文をつけた。

「といっても、こんな話を聞いてもまだ、引き受けてくれるかい？」

断るなら今のうちだし、断ったとて自分は怒りはしないと、風情に似合わぬやさしさを見せた。

「念には及びません。一旦受けた仕事は何があってもやり遂げるのが、あっしらの身上でございますから」

きっぱりと言い切る新三の横で、太十がにこやかに頷いた。

「うむ、ますます気に入ったぜ！」

高らかに笑う宗兵衛を見て、清七はやっと顔を綻《ほころ》ばせたのである。

七

「大丈夫なのかねえ」

「その宗兵衛って人。悪い人ではないと思うけどねえ」

腕組みをするお龍とお鷹に、

「お前達は口を出すんじゃあねえや。新さんと太ァさんは、親方にだけは報《しら》せておくと言ったんだぞ」

留五郎が釘を刺す。

その夜の〝駕籠留〟では、いつもながらの一時が流れていた。

新三と太十は、あれから一旦宗兵衛と別れ、清七をまず、〝大和屋〟へ送り届けた。

店の者達は、一度は足を引きずりながら這々《ほうほう》の体《てい》で戻ってきただけに、清七の身を案じていたが、

「親分がどこまで頼りになるかわかりませんが、ひとまず引き受けてくれました」

という清七の報告に胸を撫《な》で下ろした。

「何よりも心強いのは、新三さんと太十さんが、明日も駕籠を舁いてくれることです」

そして清七は、新三と太十には随分助けられたと二人を絶賛してくれた。

六右衛門は、やはり二人を指名してよかったと喜んで、

「駕籠賃はいくらでもお払いしますと、親方にもお伝えください」

と、さらに酒手をはずんでくれたのである。

その報告を受けて、留五郎は素直に喜んだのだが、親方にぴったりと貼り付く、お龍、お鷹姉妹はここでも、〝駕籠留〟自慢の新三と太十の身を案ずるのであった。

「だがお父っさん。借り切ってくれるのは好いけど、これじゃあ、新さんと太ァさんは、駕籠ごと本所に詰めないといけなくなるかもしれないよ」

「姉さんの言う通りだよ。いつ終るともしれないわけだしねえ……」

「お前らが案ずるのはわかるが、一旦お引き受けしたことだ。何日かかっても二人にはやり遂げてもらうしかあるめえ。それができねえ二人でもねえや」

何かというと口を挟んでくる姉妹を留五郎は黙らせると、

「新さん、太ァさん、いいから心おきなく勤めておくれな」

二人を労った。

新三と太十は、自分達を気にかけてくれる父娘のやり取りが温かくて顔を綻ばせると、

「龍さんも鷹さんも気に病まねえでおくんなせえ」

「宗兵衛というお人は、なかなかの凄腕だから、倅を危ない目に遭わしたりはしないよ」

それゆえ自分達は極めて安全だと安堵させてから、

「気になるのは、徳太郎っていう若旦那より、清七さんの方でさあ」

新三がつくづくと言った。

宗兵衛と別れてから、清七は〝大和屋〟への道中、散々に宗兵衛のことをこき下ろしていた。

「とどのつまり、あの人は昔から何も変わってはいません」

今日一日で、宗兵衛が何人の男を殴りつけ、踏みつけたのか。

息子の足を痛めつけた奴に仕返しをするのも、宗兵衛にとっては親心なのかもしれないが、

「四十を過ぎた男のすることとは思えません」

と、清七は嘆いていた。

今改めて宗兵衛の破天荒に触れると、これで、自分と母・おのぶはよく生きてこられたと思わずにはいられなかったと言うのだ。

「わたしは若旦那がうらめしゅうございますよ……」

思わず本音も覗かせた。

そもそも徳太郎さえ、真面目《まじめ》でなくともよいから人並の分別を持っていてくれたら、清七は宗兵衛に会わずともよかったからだ。

「そりゃあ確かに、宗兵衛親分はとんでもない人かもしれませんが、息子に頼みごとをされたことを素直に喜んでいなすったし、快く引き受けたんだから、それはそれで認めてあげたらいいと思うのですがねえ」

新三の見たところ、清七は終始父親に対する怒りを、新三と太十に話すことで抑え

ているように思えた。

二人は、自分達には既に生みの親がいないだけに、もし今ひょっこりと死んだと聞かされていた父親が、実は生きていると言われたらどうであろうと考えてしまう。どんなに悪い男になっていようと、親に会うのは楽しみであるはずだし、少々のことは許してしまうのではなかろうか。

「それなのに、清七さんはまったく生みの親を受けつけねえでいる。あっしはなんだか宗兵衛親分が気の毒になってきましてねえ……」

新三は嘆息した。

〝大和屋〟に戻った時、清七は、新三と太十の人となりを称え、二人がいかに素晴らしいかを切々と店の者達に伝えた。

しかし、胸を叩いてくれた宗兵衛については何も語らなかった。

自分を酷い目に遭わせたのは横川の按吉だとすぐに当りをつけ、仇を討ってくれたのは、なかなかに痛快であったはずだが、そのことも口にしなかった。

子供の頃の父への不信が余ほど酷く、未《いま》だにそれを許せずにいるのだろうが、

「そういう父子もあるのかと思うと、ちょいと、やるせなくなりますよ」

太十も神妙な顔をしたものだ。

留五郎は、新三と太十を惚れ惚れと見つめて、

「新さんと太ァさんは、ほんにやさしい男だねえ」

呟《つぶや》くように言った。

お龍とお鷹は、これには一言もなく、ただ頷くばかりであった。

八

翌朝。

新三と太十は、昨日話した手はず通り、横山町二丁目の〝大和屋〟に、まず清七を迎えにいった。駕籠を裏口につけると、

「もう随分足もよくなりましたが、新三さんと太十さんと一緒にいると気持ちが落ち着きますので、もう少しばかりお付合いください」

一夜明けて清七の気合も充実してきたようで、昨日の帰り道に宗兵衛をこき下ろした時のような翳《かげ》りが、顔から消えていた。

争いごとを好まぬ、おっとりとした風情を醸す清七ではあるが、姿をくらました若旦那を見つけ出すという大役に、覚悟を決めた感がある。

その引き締まった顔は、宗兵衛に実によく似ていた。

「清七さんにも強い男の血が流れているんだ。気をしっかり持てば、何だってできますぜ」

新三は、にこりと声をかけた。

「あっしらもちょいと、武者震いがしておりますよ」

太十がこれに続けて駕籠の垂れを上げた。

あまり清七に重圧を与えてもいけないと思ったのだろうか。

今日は主の六右衛門が出てくることはなく、番頭と手代仲間に見送られ、新三と太十は清七を駕籠に乗せて、

「ヤッサ」

「コリャサ」

と勇ましくまずは両国広小路へと走り出した。

すると、大通りに出たところで宗兵衛が待ち受けていた。

「親分……、これから伺うところでしたが……」

先棒の新三が姿を認めて立ち止まると、

「いや、またあの物騒なところへ来てもらうのも気が引けてよう」

夜明けと共に動き出したのだと宗兵衛は言った。

「まずは柳橋《やなぎばし》だ。おれが出向いた方が早いってもんだ」

「柳橋？」

垂れを上げたままの駕籠の中から、清七は首を傾げて宗兵衛を見た。

「お前、昨日、徳太郎がよく柳橋辺りで遊んでいたと言っていたじゃあねえか」

「そうでしたか……」

話の中で口にしたかもしれないが、よく覚えていなかった。

「言ったんだよ。横山町の放蕩息子なら柳橋界隈が手頃だ。それで昨日のうちに当りをつけておいたから、これからそこへ行ってみよう。話は道々しようじゃねえか」

宗兵衛は、そのまま柳橋へ向かって歩き出した。

清七は駕籠の中で呆気にとられている。

「さすがは親分だ。仕事が早《はえ》えや……」

新三は清七に恐れ入ったと頰笑むと、駕籠を舁いて後へ続いた。

清七は宗兵衛の動きの早さを見ると嬉しくもあるが、戸惑いの方が勝っていた。

何ごとに対してもいいかげんな暴れ者。

その印象ばかりが残っていた宗兵衛が、これほどの段取りのよさと、骨身を惜しまぬ動きが出来るのが意外に思えたのだ。

考えてみれば、悪党の巣にいつも片足を突っ込んで暮らしている男である。その犯罪に対する勘のよさを買われて、町奉行所から手札まで渡されているのだ。これくらいのことは何でもないのだろうが、大人になって見る父親には、これまで思い描いてきた男の姿とは違う輝きがある。

清七はそれに戸惑ったのだ。

そして宗兵衛は時を無駄にしない。

柳橋の盛り場に向かいながら、

「〝大和屋〟の旦那も、息子がいなくなって、余ほど焦ったと見えるぜ」

宗兵衛は、この一件についての自分なりの考えを語り始めた。

「そりゃあ、息子が俄に姿を消したのです。どこの親でも焦るでしょう。まあ、親分は焦りはしないでしょうが」

六右衛門を嘲笑われたような気がして、清七は口を尖らせた。

母のおのぶが息子の清七を連れていなくなった時、宗兵衛は、

「考えてみりゃあ、その方が思いのままに暴れられるってもんだ……」

そううそぶいたという皮肉を織り交ぜたのである。

「ははは、おれの場合は倅が無事だとわかっていたから焦ることたあなかったのさ」

宗兵衛は、突っかかってくる清七がおもしろいようで、ニヤニヤとしながら、

「おれなんぞに倅の探索を任さねえでも、これくらいの一件なら誰だってすぐに突きとめられるってことさ」

清七は返す言葉が見つからず沈黙した。

「そんなに容易《たやす》くことが運びますかねえ」

新三がとりなすように言った。

「あっという間に見つかるさ。どこかで誰かが放蕩息子を手玉にとって、親許から金をせしめようとしている。こんなのはよくある手口だぜ」

「へい、そいつは確かに……」

そういえばこの春には、質屋の娘が男に攫われたふりをして、生《な》さぬ仲の父親から金を巻き上げた奇妙な一件に付合わされた新三と太十であった。

しかし今度の一件は、放蕩息子の出奔である。

悪い女にひっかかって、女の仲間に捕えられ、脅されているのに違いないと宗兵衛は見ていた。

「あの絵草紙屋ってえのも曲者《くせもの》だな」

息子の出奔にやきもきとしているところへ、女絡みで大変な目に遭っているらしいと、誰かに噂を流させる。

こうなると〝大和屋〟も不安が募る。

老舗の暖簾になんとかして傷が付かぬようにと動き出すはずだ。

そして女絡みといえば、まず考えられるのが美人局《つつもたせ》であろう。

「徳太郎は、〝井筒《いづつ》〟ていう料理屋で、おこうという女を侍《はべ》らせていたっていうぜ。こいつがまた、ちょいと婀娜《あだ》な女で、それでいて勝気が売りだそうな。徳太郎はそういう女が好みのようだな。だが、そういう女に下手に近付くと、がぶりと嚙《か》みつかれるってもんだ。勝気というとおのぶも相当なもんだったがよう。おっ母さんと、そのおこうという女を一緒にするんじゃあありませんよ。ははは……」

清七は宗兵衛を詰った。

子供の頃から、このおやじは何を考えているのだろうと、言っている言葉が解せなかったが、大人になってみて、

――やはり下衆《げす》な男だ。

と思えてくる。

「親分は昨日のうちにその噂を……？」

今度は太十がとりなすように言った。

「これくれえ、すぐに調べがつかねえようでは、万屋なんかやってられねえや」

宗兵衛は胸を張った。

怒っている時以外は、ほとんど笑っている。

宗兵衛は好き嫌いが、はっきり分かれる男であった。

だが、面倒がらずに昨日のうちに下調べをして、朝から清七を迎えに出るというのは、なかなか出来ることではない。

新三と太十は感心したものだ。

「それで、親分は柳橋へ出かけてどうしようというのです？」

清七が問うた。

「決まっているだろう。おこうの行方を探るんだよ。これから〝井筒〟で一杯やるから清七、まず金を寄こしな。言っておくが、こいつは礼金とは別勘定だからな」

「石原町の絵草紙屋を締めあげた方が、早く埒《らち》が明くのではないのですか？」

「締めあげた方が埒が明くか……。ははは、お前も勇ましいことを言うじゃあねえか」

「どうせ親分は誰かを締めあげるのでしょう」

どこまでも宗兵衛を親父殿とは呼ばず、親分と呼ぶのは清七のささやかな抵抗なのであろう。

宗兵衛はそれがまたかわいいようで、ニヤニヤとして聞き流している。

「でも親分が見たところでは、哲蔵という絵草紙屋は、何者かに頼まれて、若旦那が危ない目に遭っていると、吹き込みに来たのでしょう？」

清七は宗兵衛に問いかけた。

「うむ。まずそんなところだろうな」

「では、どうしてすぐに絵草紙屋を当らないのです？」

「ことを進めるには順序を踏まなければいけねえのさ。本当に女絡みなのか、そいつをはっきりさせるのが先だ」

宗兵衛は、柳橋を渡ったところで一旦分かれて、まず清七に〝井筒〟へ入るようにと告げた。

宗兵衛はその後、清七がいる座敷近くに席をとる。そして、そこで賑やかにおこう、、の行方を問うてみようと言うのだ。

「親分、それで本当に女絡みなのかどうかわかるのですかねえ」

清七は半信半疑であったが、宗兵衛に託すと決めたのは〝大和屋〟の方針である。

言われた通りにしてみた。

柳橋を渡り、篠塚稲荷社《しのづかいなりしゃ》を過ぎたところに〝井筒〟はあった。

路地の奥にひっそりと建っていて、放蕩息子がそっと遊びに来るには格好の場所であった。

まず清七が店へ入った。

彼は足が不自由で、お気に入りの駕籠舁き二人を供に少し立ち寄ってみたという、商家の若旦那を演じた。

こういうこともあろうかと、昨日別れる時に、外へ出る時は商家の手代のようには見せず、ちょっとした店の若旦那風の姿で来るようにと宗兵衛に言われていた。

さりげなく洒落た風情で、羽織を肩にのせた清七は、日頃まのあたりにしていた徳太郎の真似をして、なかなかに放蕩息子が堂に入っていた。

「ちょいと休ませてもらいますよ」

と、店の女中に心付を渡して店に入る姿は、百戦練磨の女中さえもどこかの店の跡取り息子だと信じて疑わなかった。

「なかなかやるじゃあねえか」

宗兵衛は、清七が店に入るのをそっと見届けてからすぐに自分も店に入り、

「すまねえが、料理と酒をみつくろって持ってきてくんな」

などと言って、清七の隣室に上がって女中相手に酒を飲み始めた。

「この辺りには、おこうという女がいると聞いたことがあるんだが……」

大きな話し声は、清七と新三、太十にはよく聞こえた。

「何だと？　おこうはどこにいるかわからない……？」

女中によるとおこうは近頃、姿を消してしまったようだ。

話の内容から察すると、おこうとはこの料理屋にも出入りしている自前の芸者であった。

芸者といっても芸があるわけではなく、座持ちのよさと、もっぱら色気で売っていた。

「何でえ、おこうはいねえのかい。まさか、筆屋の倅と逃げちまったんじゃあねえだろうなあ……」

宗兵衛はそれから、店に女を呼んだりして、一人で賑やかに宴を開いた。

「何ですかあれは……？」

清七は顔をしかめた。

聞き込みといいながら、金が〝大和屋〟持ちなのをいいことに、一人で浮かれているとしか思えなかった。

「だがよう、まったく残念だぜ、おこうというのは、男をとことんたらし込む女と聞いたが、近頃いなくなっちまったとはよう……」

宗兵衛は、声高におこうについて訊き続けたが、彼の座敷に上がった酌婦《しゃくふ》も女中も、

「わたし達は何も知りませんで、申し訳ございません」

と困ったような声で、繰り返すばかりであった。

「あれでは、怪しまれに来ているようなものですよ」

清七は渋い表情で言った。隣室にいれば情報があれこれ自分の耳にも入ってくるのかと思えば何の進展もない。やはり、ただ酒を飲みに来たのかと思ううちに、宗兵衛はあっさりと酒席を切り上げて店を出た。

清七は、やれやれと自分も勘定をすませてこれに続いたのだが、

「親分は、怪しまれに来たのでしょうよ」

新三が耳打ちした。

「怪しまれに……？」

宗兵衛は、懐手をして篠塚稲荷社の裏手の人気のない小路へと歩みを進める。

新三と太十は清七を駕籠に乗せて、付かず離れず宗兵衛の様子を窺ったが、たちまち怪しい二人組の男の影を見てとった。

「恐らく奴らをおびき寄せるための方便かと思いますよ」

新三はまた、駕籠の清七に小声で言った。

九

新三と太十は、清七を駕籠から降ろし、そっと宗兵衛の様子を祠《ほこら》の陰から窺った。

新三の読み通り、宗兵衛は怪しい男を待ち受けていた。

二人組は人気のない小路で宗兵衛を呼び止めた。

「おう、待ちな！」

「手前《てめえ》か、昨日からおこう姐《ねえ》さんのことを嗅ぎ回っていやがるのは！」

だが、次の言葉を発さぬうちに、二人は地面を這《は》っていた。

宗兵衛は振り返りざまに一人の腹を蹴り上げ、残る一人に足払いをかけ上から踏みつけたのだ。

清七は息を呑んだ。

「おれがおこうを追いかけて何がいけねえんだ。おこうは金で男に酌をする女じゃあねえか。贔屓《ひいき》にしてやろうと思っただけだろうが。おう！　お前らどうしておれに絡んできやがった。言わねえと土手っ腹に穴をあけてやるぜ」

宗兵衛は一人が懐から取り落した匕首《あいくち》を抜くと、そ奴の腹すれすれに地面へ突き立てた。

二人はがくがくと震え始めた。

「そ、そいつはその……、猪熊《いのくま》の親分が……」

一人が堪らずその名を口にした。

「猪熊の？　その親分がどうした？」

「おこうがおかしな奴に狙われるかもしれねえから、気をつけてやってくれと……」

もう一人が言った。

「そんなら何かい？　その猪熊の親分が、おこうの旦那ということか？」

「い、いや、そこまでは知らねえんで……」

「ほ、ほんとうです。嘘じゃあありません……」

「手柄のひとつも立てて、親分に気に入られようとでも思ったのかい」

二人は、愛想笑いを浮かべて頷いた。

宗兵衛は一転してにっこりと笑って、

「そうかい。お前らも男をあげるためには、色々と大変だなあ。おれに返り討ちにあったってのも恰好がつかねえだろう。黙っててやるから、今の喧嘩はおれとお前らだけのことにしておこうぜ。だが何だなあ、おこうって女には近寄らねえ方がいいってことだな。肝に銘じておくぜ」

宗兵衛は笑いながらその場を去った。

新三と太十は、清七を駕籠に乗せてそっと宗兵衛を追った。

浅草御門前《あさくさごもんまえ》で落ち合うと、

「ほら、おれの言った通りだ。〝大和屋〟の旦那はありがてえ仕事を回してくれたもんだ」

宗兵衛は駕籠の中の清七に言った。

「ありがたい？　楽な仕事ということですか？」

清七は落ち着いた口調で問うた。

淡々と段取りをこなし、無茶なようで狙い通りにことを進めていく。

手代として店から認められている清七である。宗兵衛の手際のよさは見事であると感心させられていたのである。

「まず楽な仕事だ。誰でもできるぜ。おれに引っ張り廻されるはめになったのは旦那のせいだと恨むんだな」

宗兵衛は不敵に笑った。

「では、もうすぐに埒が明くと？」

「ああ、猪熊の万三《まんぞう》が絡んでいるとなりゃあ、難しい話じゃあねえや」

「猪熊の親分というのを知っているのですか？」

先ほどの二人組に対しては、初めて聞いたような風情を見せていた宗兵衛であった。

「知らねえ素振《そぶ》りをしてやるのも親切ってもんよ」

猪熊の万三というのは、宗兵衛に劣らぬ暴れ者である。今まで方々で悪事を働き、その度に姿をくらまし、ほとぼりを冷ますとまたどこかの盛り場に現れる。そんな暮らしを続けているらしい。

「おれと違うのは、金のためなら人を泣かせても構わねえと、本気で思っているところさ」

「わたしには万三も宗兵衛親分も、同じようなものだと思いますがね……」

清七はぽつりと呟いた。

「ははは、目くそ鼻くそと言いてえのかこの野郎。確かにおれは万屋を続けるために、おのぶとお前を泣かせたもんだがな」

――何を笑っているのだ。

清七は宗兵衛の手腕に感心していたところであったが、やはりすぐに腹が立ってきて、何か言ってやろうとしたが、

「で、宗兵衛親分。これからどうなさるおつもりで」

清七の想いを汲《く》んで、新三が問いかけた。

新三と太十には、ほぼ呑み込めてきた。

猪熊の万三は、おこうを使って〝大和屋〟の徳太郎に美人局でも仕掛けて、どこかに監禁しているのであろう。

徳太郎には堪え難い恐怖。〝大和屋〟へは大いなる不安を与えるだけ与えておいてから、示談に持ち込むのが万三の手口のようだ。

「大よそのところは察しがついたんだ。後は徳太郎がどこに押し込められているか当りをつけて、ひとつひとつ叩き潰して確かめるまでさ」

宗兵衛はこともなげに言った。

新三と太十の読み通りに、

「けちで芸のねえ美人局だ。奴は〝大和屋〟は手も足も出ねえと思っていやがるんだろうが、所詮《しょせん》は荒っぽいだけの馬鹿のすることだ。こっちがその気になりゃあ、容易く取り返せるってものよ」

「最前、叩きのめした二人が猪熊の万三に、親分のことを報せたら、そう容易くことは運ばないのでは？」

「奴らが万三に何て言うんだ？　おこうのことをやたらと訊いていた奴を捕えて締めあげてやろうと思ったら、ぶちのめされましたから気をつけてくだせえとでも言うのか？　言ったらまた万三に殴られるだけだ。奴は馬鹿で、挨拶《あいさつ》代わりに人を痛めつける野郎なんだよ」

清七は沈黙した。

人を痛めつけるのに慣れてしまった者同士の感覚にはついていけない。

宗兵衛は、どこまでも上機嫌で、

「ああ、暑くなってきやがったな」

着物の右袖《みぎそで》をたくしあげて、肩を掻いた。

そこから、赤くただれた火傷《やけど》の跡が覗いていた。

「よし、これからおれは、ちょいと調べものに出る。竹町《たけちょう》の渡し場の隅に、助三《すけぞう》という男がやっている掛茶屋《かけぢゃや》があるからそこで待っていてくんな」

宗兵衛はそのように言い置くと、風のように立ち去ったのであった。

「ああ……」

清七は溜息をついた。

「どうしたんです？」

太十が声をかけた。

「いえ、あの火傷の跡を久しぶりに見て気分が悪くなりましてね」

清七は子供の頃の思い出が蘇《よみが》えり、胸が締めつけられるのだという。

その傷は、宗兵衛が喧嘩をした相手に、焼け火箸《ひばし》で刺されたものであった。

家に帰った宗兵衛が諸肌《もろはだ》脱いで、おのぶに薬を塗ってもらっている姿を見て、清七はわんわんと泣いたのを覚えている。

その時は宗兵衛に横っ面をはたかれた。

「泣くんじゃあねえ！　おれはこれでも少しは人の役に立っているんだ。お前はこの傷を自慢に思え！」

厳しく叱られたのだ。

大変な目に遭わされることは何度もあったが、不思議と清七を叱りつけたことのなかった宗兵衛が、ただ一度だけ清七を叩いた時であった。

その後、清七は宗兵衛がどんなに傷を受けて帰ってきても、泣かなかった。叱られるのが恐かったからではない。

自分の父親は、血を流すのが好きなのだと、思えるようになったのだ。

だが流血や争闘に何の嫌悪も覚えなくなれば、清七はろくな大人になるまい。

それから数年が経《た》ったある日。家で寝込みを襲われ、大暴れした宗兵衛は、

「とことん追い詰めてやらあ！」

と叫んで家を出て二、三日帰ってこなかった。やっと戻って来た時には、背中の右側に刺し傷を背負っていた。

これはなかなか重い傷で、相手を叩きのめしたからもう心配いらないと気丈に語りつつ、そのまま五日ばかり寝込んでしまった。

結局、宗兵衛を襲った連中は、何軒かの押し込みに手を染めていて、ことごとく町役人に捕えられて落着を見たのだが、おのぶが清七を連れて出たのはこれがきっかけであった。

だが、清七の心の中には、あの火傷の跡は何よりも暗い影を落している。

父が恋しいゆえに、大怪我《おおけが》をした姿を見て泣いたというものを――。

次に宗兵衛と落ち合うのは一刻後か二刻後か。

その間、新三と太十は清七を乗せて、ゆったりと蔵前《くらまえ》を進み、御厩河岸《おうまやがし》で駕籠を止め、のんびりと大川《おおかわ》を見ながら、清七の話を聞いてやった。

商人の才があると、六右衛門に期待されている清七とはいえ、二十歳前の若者である。

恋しくもあり憎くもある宗兵衛への想いが、千々《ちぢ》に乱れるのであろう。新三と太十に、あまりにも癖の強い父親について語らねば気が安まらないようだ。

清七は共に危ない橋を渡ってくれる新三と太十にすっかりと心を許していた。

新三と太十も、話を聞くのは楽しかった。元は貧農の出で二親を失い、過酷な境遇から逃げ出し、人攫いに遭うところを旅の武芸者に助けられた二人である。

彼らからしてみると、清七と、喧嘩無敵の父・宗兵衛との間柄は、少しも悲惨なものではない。

「色々とあるのはわかりますがねえ。清七さんには強い父親がいるってえのは確かなことですよ。親のねえおれ達には羨《うらや》ましい限りだ」

「親分は、清七さんと一緒に方々廻るのが、楽しくて仕方がねえようですよ。そこはわかってさしあげねえといけませんや」

新三と太十は、清七を励ました。

「わたしと一緒にいるのが楽しい？　そうなのでしょうかねえ」

それならばもっと息子に、やさしく誠実に接すれば好いと清七は思うのである。

「いや、親分は楽しんでいますよ。考えてみれば、若旦那の顔を確かめるためなら、清七さんでなくても、他に動き回れる人はいたはずなのに、駕籠に乗せてまで一緒に探索させたのは、久しぶりに息子と一緒にいたかったからですよ」

だが、新三にそう言われると、自分の宗兵衛への怒りと憎しみは、父親に甘える息子の気持ちの表れではないかとも思えてくる。

十二で父と別れ、それからすぐに〝大和屋〟に奉公にあがった時も、清七は母と離れる寂しさはあったものの、あの乱暴者の父の許から出られると思うと、何も辛《つら》くなかった。

それゆえ奉公に励み、六右衛門から目をかけられるようになったし、このような若旦那の危機に際して、店のために宗兵衛に頼みごとが出来た。

そしてこのまま無事に徳太郎を救えれば、清七は大手柄を立てることになる。

清七もまた父親との再会を喜ばねばならないはずだ。

大人になっての再会なのだ。その辺りの分別をつけるべきなのであろう。だが、子供の時の恐怖は、肉親をいつ失ってもおかしくない不安から生じたものであった。

そのやるせなさが怒りとなって、未だに宗兵衛を見ると嫌悪が勝るのであった。

十

ともあれ一刻後に、新三と太十は清七を駕籠に乗せて、宗兵衛が指定した竹町の渡し場近くにある、助三の掛茶屋へと向かった。

ここで待っていろと言ったのは、まず助三に会ってからどこかに出かけ、それを終えて帰って来るつもりなのであろう。

掛茶屋には〝助〟と書かれた幟《のぼり》が立てられていてすぐにわかった。

長床几《ながしょうぎ》が三脚、雑然と置かれた、まるで商売気のない茶屋であった。

駕籠を横につけて清七を降ろすと、主人の助三がすぐに寄ってきて床几を勧め、

「清七さんですかい？　助三でございやす。立派におなりになったもんだ」

と、親しげに言った。

「わたしのことを……？」

清七は小首を傾げた。

「へい、まだほんの子供の頃でしたからねえ」

助三は四十過ぎの、一見いかつい男だが、

「で、頼りになる駕籠屋ってえのはこの兄さん方かい。ははは、ほんに強そうだ」

三人を迎えて、いかにも嬉しそうだ。

「強そう？　そいつは宗兵衛の親分が？」

新三は太十と二人で照れ笑いを浮かべて、

「強《つえ》えのは足腰ばかりですよう」

「いやいや、宗さんは言っていましたよ。あの二人はいざとなったら滅法強えはずだとね。あの親分は、若《わけ》え頃にはやっとうを習ったこともあるというから、物腰でわかるそうですぜ」

「ははは、そいつはとんだ買い被《かぶ》りだ」

助三の言葉を一笑に付したが、内心では宗兵衛の眼力に恐れを覚えていた。

あの圧倒的な喧嘩の強さには、やはり武芸の心得が加味していたのかと思うと、自分達がかつて兵法者に拾われ、武芸を仕込まれたという過去が見透かされてしまうのではないかと二人は気を引き締めたのだ。

「まあ、何はともあれ、あの宗兵衛親分に見込まれるというのは大したものですよ」

助三は囁《ささや》くように言うと、すぐに茶を運んできた。

「助三さんは、親分とは長い付合いなのですか？」

新三は話をそちらに切り換えんとした。

「長《なげ》え付合いというとそうですねえ。わっしが世話になってばかりってところでさあ。もう今はほとんどやっちゃあおりませんが、わっしは女衒《ぜげん》でございましてね……」

女衒というのは女を遊女に売る仲立ちをする稼業である。

助三は、親兄弟を守るために止《や》むなく身を売らねばならぬ娘がいる昨今、そういう娘達が情のある女郎屋で働き、年季が明ければ少しでも幸せな暮らしが出来るようにと努めた。

売ってしまえばそれで終りという者も多いが、自分は不幸な女を幸せにしてやるために女衒を続けようと思ったのだ。

そうして彼は、本所、浅草界隈で、〝実のある女衒〟と評判をとり、多くの娘を見守ってきた。

女郎屋の主人にかわいがられ、年季の明けた後は馴染《なじみ》の客と晴れて夫婦になる幸せな娘もいたが、年季が明けたとて行くあてもなく、悪い男に騙される女も多い。

助三は、そういう女が再び苦界に戻ることがないよう面倒も見てやったし、時には体を張ってやくざな男から守ってやった。

そのうちに、浅草、本所辺りの玄人女達《くろうと》の動向に詳しくなっていった。

売られる娘達とて、誰もが純真な女ばかりではない。見守るうちに、助三が助けるまでもなく、男を手玉にとってのし上がる悪婆《あくば》も生まれる。

助三は、それはそれで、

「お前がこうなっちまったのは、薄情な世間のせいなんだ。だからおれはお前を責めねえが、世の中には上がいて、お前を騙してとことん絞りとってやろうと思っている奴も多いから、気をつけるんだぜ」

女を諭しつつ、気にかけてやるのであった。

宗兵衛は女の動きに詳しいと評判の助三が、万屋稼業をする上で好い調べ先になるとふんで訪ねたところ、たちまち助三を気に入って兄弟分の契りを交わしたのである。

二人は共に、侠気に生きるが金に執着がないところが似ていた。

人情に溢れた女衒の評判が立つと、同業者に妬《ねた》まれたり、

「ふん、女の売り買いで飯を食っているような野郎に男伊達《おとこだて》も何もあるかい」

などと言って絡んでくる者もいた。

「おう、そんなら手前《てめえ》は今まで一度たりとも女郎買いをしたことがねえのかい？　助三はなあ、お前みてえな、女を人とも思わねえような奴らから、少しでも女郎達を楽にさせてやろうと励んでいるんだよう！　四の五のぬかしやがったらおれが相手になってやらあ！」

宗兵衛は、そんな連中を見かけたら助三のために啖呵《たんか》を切り、時には相手が何人いようが、口はばったいことを言った奴を痛めつけたものだ。

「わっしは嬉しゅうございましたよ……」

助三はつくづくと言った。

「後で倅とここで落ち合うから、来やがったら茶でも酒でも、何でも飲ませてやってくんな」

先ほどは、久しぶりに自分を訪ねてきて、清七に頼まれごとをされたと、いたく喜んでいたという。

「宗さんは、清七さんのことを、ずっと気にかけていたんですよ」

「そんな風には見えませんがねえ」

清七は、助三を庇《かば》う宗兵衛は立派だと思ったが、侠客同士の繋がりや義理と、息子への想いはまた違うものだと思っていた。

兄弟分同士が久しぶりに顔を合わせてはしゃいでいるようにしか見えないのが、折れ曲がった清七の心情で、ここでも助三の言葉に対して素直になれなかった。

「いや、ずっと気にかけていますよ。倅が来ても余計なことを言うなと、宗さんに言われていましたがね。わっしはお前さんに会ったら余計なことをくさるほど言ってやろうと、実は手ぐすねをひいて待っていたんですよ」

助三は、そんな清七がかわいく思えたのかもしれない。ニヤリと笑って、そこから宗兵衛について熱く語り出した。

「あの人ほど情に厚いやさしい男はおりませんよ。だが、それを見せるのが下手なのですよ。それと、誰にでも情をかけるのが悪い癖でね。それで、身内はとばっちりを食うわけですよ。だが、すまないと思う気持ちがあるからこそ、おのぶさんと清七さんのことを忘れはしないのですよ」

宗兵衛を慕う助三は、彼が女房子供に逃げられてしまったことが残念でならず、いつか清七に会ったら、

「親父さんを恨まねえであげておくんなさいな」

と、言いたかったのだ。

清七は、俄に助三に迫られて目を丸くしたが、それを見てとった新三が、

「あっしも助三さんの言う通りだと思いますねえ。なあ、太十……」

と、二人でとりなしたので、清七は心を落ち着けて助三を見た。

「こんなことがありましたよ。宗さんは、法外な利息を吹っかけられて困っている棒《ぼ》手振《てふ》りの夫婦から助けてくれと言われて、中へ入ってやろうと、その家を訪ねた。するると、借金取りが二人、もう乗り込んでやがって、金が払えねえならこうしてやるぜ、と言って、そのうちの一人が子供の腕に焼け火箸を突きつけやがった……」

脅しにしてもあまりに汚ないやり口だ。その子供は清七と同じ年恰好で、もしこんな目に清七が遭ったらと思うと、宗兵衛は気も狂わんばかりになり、咄嗟《とっさ》にその場に乗り込んで、

「手前、何てことしやあがる！」

と、そ奴の顔面を蹴りとばした。相手はそのまま失神した。

「坊！　何もなかったかい？」

宗兵衛は、泣きじゃくる子をあやしたが、

「手前こそ邪魔するんじゃあねえや！」

その隙に、もう一人の男が焼け火箸を拾い上げて、宗兵衛を突いたのだ。

さすがの宗兵衛も、振り返りざまに肩を突かれて低く唸ったが、それからそ奴を半殺しにして、力尽くで借金を帳消しにさせた。

子供に気をとられなければ、けちな借金取り二人くらい、あっという間に叩きのめしたというものを、

「こいつは不覚をとっちまったぜ。あの子の顔が清七に見えちまってよう」

そう言って宗兵衛は、その後、肩の火傷を見せて助三に苦笑したという。

──あの肩の火傷はその時のものだったのか。

清七は息を呑んだ。宗兵衛は、おのぶにも清七にも、そんな言い訳はしなかった。

清七の横っ面をはたいたのは、泣かれるとあまりにもばつが悪かったからであろう。

「まったく馬鹿な話だ……。我が子かわいさに人の子まで我が子に見えて、酷《ひで》え傷を負うなんてね。だが清七さん、それを馬鹿だと笑うかい。わっしは、お前に笑うような男であってもらいたくはねえや……」

話すうちに助三の目が潤んできた。

清七は、親父は大馬鹿だと思った。借金取りとの話をつけるなど、まったく金にもならない仕事だったに違いない。

だが、それを嘲笑うことは出来なかった。

黙って話を聞いている清七に、助三は続けた。

「確かに、おのぶさんも清七さんも、宗さんのせいで寝込みを襲われたりして、大変な想いをしただろう。だが、宗さんは清七さんを身を挺《てい》して守ったんだぜ……」

「身を挺して守った？」

「そうか……。そこまで詳しく話していなかったか。ははは、ますます宗さんらしい」

助三は、喋り過ぎて叱られるかもしれないと苦笑しつつ、

「賊が寝込みを襲った時、宗さんは隣の部屋で寝ていて、馬鹿な賊は間違って、おのぶさんと清七さんが寝ていた布団に、匕首を突き入れたのさ」

「それに気付いた親分が、咄嗟に身を挺して……」

「そういうことさ」

「いや、しかし親分はそのまま賊を追いかけて、二、三日たって帰って来て、それから寝込んだのですよ」

「実は、その時に刺されていたんだよ。刺されていながら相手を追いかけて、そ奴の腕と足を叩き折って、そのまま帰ると決まりが悪いから、外で受けた傷ってことにし

て、二、三日姿をくらましたのさ」

「大馬鹿ですね……」

「でも、笑えねえだろ？」

「はい……」

清七は、喜んでいいのか、呆れていいのか、よくわからぬ顔で、しばしぽかんとしていた。

しかし、今度のことは店の若旦那出奔の解決に当るべく、自分は宗兵衛と接しているのである。

あらゆる愛憎の決着をつけるために、今自分はここにいるわけではないのだ。

清七は優秀な手代である。そういうものごとの分別とけじめは、しっかりとしている。

自分の体を今駆け巡る、不思議な父親への情感に取り乱してはならぬと自制して、

「助三さん、ありがとうございます。その話はまたゆっくりとお聞かせ願いましょう……」

深々と頭を下げた時、

「おう、待たせたな！」

と、宗兵衛が帰ってきた。

「何でえ。助三、お前また余計な話をしたんじゃあねえだろうな」

宗兵衛は、助三に詰るように言った。

頭を掻く助三の横で、清七は神妙な顔をしていたが、新三と太十が俯《うつむ》いて、しきりに目頭を指で押さえていたのである。

十一

「で、親分、何かわかりましたか？」

清七が落ち着き払って訊ねたので、

「おお、そうだったな。ははは、埒が明いたぜ。助三から聞いてくれたと思うが、おこうはちょっと前から、猪熊の万三とできていやがった」

そんな話は何も聞いていないと、新三、太十、清七は助三を見た。助三は首を竦《すく》めた。

そもそも宗兵衛は、浅草、本所界隈の玄人女の動向に詳しい助三に、おこうと万三についての関わりを訊きに来たのだ。

おこうは千住《せんじゅ》から出て来て、南本所の水茶屋で年季を勤めた女だが、見事なまでの手練手管《てれんてくだ》で男をたらしこみ、ここで本所辺りで商売をし始めた万三と出会った。暴れ者の万三の力を借りて、おこうは美人局まがいの強請《ゆす》りで、方々の男から金を巻き上げ、柳橋へ出て自前の芸者になったという。

宗兵衛は助三からその辺りの事情を告げられて、徳太郎がその餌食《えじき》になったと確信した。

「手前、おれの女に手を付けやがって！」

と、万三に脅され監禁され、おこうは逃げるふりをする。

「おこうを見つけ次第、お前と二つに重ねて四つにしてやらあ」

万三は、おこうを探すふりをして徳太郎と、〝大和屋〟に重圧をかけ、やがて金を絞り取る算段なのだろう。

実は宗兵衛、以前にも猪熊の万三に美人局に遭った男を助けていた。

宗兵衛が、その頃の万三の情婦を捕え、万三の前に連れていき、万三を蹴りとばした上で、僅《わず》かばかりの金で話をつけてやったのだ。

助三は宗兵衛がここに戻ってくるまでの間に、その辺りのことを説明するはずが、つい清七の顔を見ると、宗兵衛がかつていかに我が子をかわいがっていたか、そればかりを語ってしまったらしい。

新三、太十、清七は、助三の顔を立てて、その辺りの話は既に聞いて知っているという表情を繕ったが、清七は徳太郎探索を、宗兵衛に頼んでよかったと思わずにはいられなかった。

「こういう悪事に手を染める奴は、大よそ二つに分かれるってものさ。何年もかけて用意を怠らず、ひっそりとじっくりとことに及ぶ奴。それと、後先考えずにただ力尽くで目の前の金を摑みにくる奴だ」

後者が猪熊の万三のような男で、相手が物持ちなら面倒をさけて示談に持ち込んでくると踏んで、己が荒っぽさを目立たせようとするのだ。

「おそらく二、三日中におこうが〝大和屋〟に、泣きながら飛び込んでくるだろうよ。徳太郎さんを大変な目に遭わせてしまいました……、なんて見えすいたことを言ってよ」

自分はどうなってもいいし、身を引くから徳太郎を救ってやってもらいたい。そう言って猪熊の万三との橋渡しを申し出て、金とおこうを引き換えに徳太郎を返す──。

それが万三の手口なのだ。

〝大和屋〟が怒っておこうを役所に突き出したとすれば、万三はそんな女は知りませんと言ってうそぶくだろう。女を捨て殺しにすることなど何とも思っていない男なのだ。

そして、〝大和屋〟にしてみれば、

「女房を寝取られて文句は言いましたが、攫ってなどおりませんや」

と、しらを切られたら、徳太郎は見つからぬまま始末されるかもしれないという不安が募る。

ここは、おこうに金を添えて、返してもらうしか道はないのだ。

「おこうが店に来る前に、徳太郎をこっちで取り返してやろうじゃあねえか。金など一銭も払うこたあねえ」

宗兵衛は得意満面で言った。

「でも若旦那がどこにいるか、目星はついているのですか」

「大よそはな。万三は近頃、高利貸の取り立てに手を染めていやがるらしい」

宗兵衛は今、奉行所から手札を授けられている身であるから、土地土地の御用聞きとも付合いがあるので、何かと目立つ万三の動向などはすぐにわかる。

「まあ、あまりしたくはねえんだが、その金貸しに手札をちらつかせて、そっと帳面を見せてもらった。おれとしちゃあ、お上のご威光を笠に着るのは恥ずかしいことなんだがよう。ここは他でもねえ清七の頼みだと思えばこそだ」

その金貸しは本所松倉町《まつくらちよう》に住む、目明きの按摩《あんま》で、このところ踏み倒されることが多いので、俄に本所に現れて荒っぽさで売り出し始めた猪熊の万三に取り立てを頼んだというわけだ。

その男は梅《うめ》の市《いち》と言われているが、按摩の腕もよく、人に上手く取り入り小金を貯めこんでいた。

「お前、近頃、阿漕《あこぎ》な真似をしているんじゃあねえだろうな。真っとうに帳面をつけているのかい？」

宗兵衛は手札をちらつかせて梅の市を脅すと、その帳面をさっと眺めた。

「そこに奴から金を借りている奴らの名が書かれていたわけだが、おもしれえ名を見つけたんだぜ。石原町の絵草紙屋の哲蔵だ……」

一同は、息を吞んだ。

恐らく猪熊の万三は、厳しい取り立ての中で、自分の言うことを聞くなら、命だけは助けてやろうと哲蔵に持ちかけたのだ。

「清七、お前の見方は正しかったぜ。徳太郎は、哲蔵の店の奥にある小さな蔵の中に押し込められていると見た」

宗兵衛は、このところ万三が住まいとしているという荒井町《あらいちょう》の借家を覗いてみたが、どう見ても誰かが監禁されているとは思えなかった。平屋でさして広くもなく、乾分《こぶん》二、三人がごろごろしているのが精一杯である。

ここに仕掛けでもして、徳太郎を閉じ込めておくことは出来まい。

〝大和屋〟の男衆が、そっと絵草紙屋を確かめに行った時、裏手に小さな蔵が見えたと言っていた。

絵草紙を火から守る意味でも、在庫をそこに保管しているのであろう。きっちりとした店ではないかと、哲蔵への疑いは薄まったのだが、考えてみれば在庫を多く抱えたり、自分好みの書物を、置場に困るほど買い求めているとも言える。

趣味に走って店が傾くのも商人にはよくあることだ。そんなところから借金が重なったのであろう。

「新さんと太ァさんはどう思う？」

「親分が仰《おつしや》る通りでしょう」

「その小さな蔵が怪しいですねえ」

新三と太十の答えに、宗兵衛は満足そうに頷くと、

「行ってみようじゃあねえか」

ニヤリと笑った。

十二

日が暮れてきた。

助三と別れた宗兵衛と清七は、それぞれ間をとって石原町へ向かった。

哲蔵の絵草紙屋の場所は、予《あらかじ》め清七がしっかりと頭に叩き込んでいたのですぐにわかった。

この期《ご》に及んでも宗兵衛はただ一人でことに当るつもりであった。

「けちな美人局と、けちな金貸しの手先になっているようなけちな野郎だ。乾分がいたって二人か三人で、そいつらが交代で見張っているってところだろう。なに、おれ一人で十分だ。危なくなったら清七が助けてくれるさ」

彼はそう言って笑いとばしたものだ。

しかし、清七はそんな風にからかわれても、今は腹が立たなかった。

彼は新三と太十が舁く駕籠に揺られて、あれこれ物思いに耽《ふけ》っていた。

助三から、宗兵衛の傷の本当の謂《いわ》れを知らされたことで気持ちが変わったばかりではない。

久しぶりに会った父親は、思った通り、とにかく口汚なくて乱暴者で下品な男だが、少し一緒にいただけで、妙に懐かしく、温かく思えてきた。

自分は十二で店に奉公に上がり、まっとうな道を歩んでこられた。

しかし、母・おのぶは夫とも別れて、さぞ哀しい暮らしを送ってきたことであろう。

苦労をかけられたあげくこれでは浮かばれまい。いつか自分で店を構え、そこへ母を呼び寄せよう。それが清七の何よりの望みだが、叶うにはまだまだ長い刻が要る。

その想いに、何度も死にそうな目に遭わされた父親の思い出が重なると、どうしても宗兵衛を受け容れ難かった。だが血の繋がりは恐ろしい。何ごとにもめげず、あくまで万屋宗兵衛の生き様を貫く父親を、清七の体内に息づく〝男〟が認めている。

〝大和屋〟の主・六右衛門は、倅の出奔に正気をなくし、後先考えず宗兵衛に収拾を頼みたいと清七に託した――。

こんな一件は自分でなくても出来る仕事だと、宗兵衛は言っていたが、

――旦那様はもっと胆《きも》の太いお方だ。正気をなくされたのではない。

自分も若い時は放蕩息子であったから大目に見ているが、いざとなれば情に流されずに、店のために徳太郎を見限る凄味が六右衛門にはある。宗兵衛に頼んだのには何か理由があるはずだ。

「清七、親父殿に頼みごとをしに行くのは嫌かもしれないが、親と子は切っても切れぬ仲と思い、大人と大人の付合いをしてきなさい」

先日、宗兵衛を訪ねる清七に六右衛門はそう言った。そして、

「今のお前なら、宗兵衛さんに会いに行ったとて、おのぶさんも気に病むまい」

と、にこやかに肩を叩いてくれた。

入江町で清七が破落戸に足を痛めつけられても、頼りになる駕籠屋を雇い、あくまでも清七に行かせたのは、元服をすませた後も、清七が依然父親を憎悪していることを不幸と思い、この一件で和解させてやろうと思ったからではなかったか。

「きっとそうだ……」

清七はひとつの確信を得た。

六右衛門はこれまで、厳格な主であり、慈愛に充ちた親代わりであった。しかし、生みの親が我が子を思っているのは当然のことである。それを確かめるのもまた、大人への道筋だと今教えてくれているのだ。

——何とありがたいことか。

　それに応えるためには、とことん宗兵衛とぶつかり合って、徳太郎を取り戻すしかあるまい。

「ヤッサ」

「コリャサ」

　心地よい駕籠の揺れが、清七の父親譲りの強い意思を昂《たか》ぶらせていた。

　駕籠を舁く新三と太十もまた、清七と同じことを考えていた。初めての駕籠の用を務めたわけだが、親方の留五郎からは、六右衛門は大したお人だと聞かされていた。

　固く凍りついてしまった情を、父子が互いの熱き想いで次第に溶かしていく——。

　その姿は、新三と太十の目にも明らかであった。

　しかし二人は、無言のうちに不安を覚えていた。

　確かに宗兵衛が言うように、馬鹿がしでかす悪事は底が知れているから、容易く解決出来るものかもしれないが、もしこのまま哲蔵の店の蔵に徳太郎がいたとすれば、

　——話がうまく運び過ぎるのではないか。

　宗兵衛の強さをもってすれば、そこにどのような難局が待ち構えていても切り抜けられるかもしれないが、所詮は向こう見ずの単身での乗り込みである。

思いもかけず敵が多ければどうするつもりなのであろうか。

いざという時は加勢せねばなるまい。新三と太十はその覚悟を、無言のうちに確かめ合っていた。

やがて絵草紙屋が見えてきた。

宗兵衛は表に立つと、離れて見ている新三と太十にひとつ頷いた。

策も何もあったものではない。彼はそのまま店へ入ると、

「ちょいと裏の蔵に眠っている絵草紙を見せてくれねえかい」

店に出て、そろそろ店仕舞いをせんとしていた哲蔵に、にこやかに言った。

「な、なんです藪《やぶ》から棒に……」

「頼むよ。見たらすぐに帰るからよう。ちょいと筆屋の倅を捜していてな」

たちまち哲蔵の顔色が変わった。

それを見てとった宗兵衛は、

「わかっているよう。借金取りに脅されて、蔵を貸しているんだろ。悪いようにはしねえよ。蔵はこっちだな」

宗兵衛は有無を言わさず、店の奥へと入っていった。

哲蔵もおこうも、放っておけばいい。猪熊の万三から徳太郎をとり返せばよいだけ

だ。

枝葉はまったく相手にしない。かかってこなければ殴りもしない。

それが宗兵衛の信条である。

宗兵衛は裏手へとずかずかと入って、そのまま裏木戸を中から開けた。その向こうには、新三と太十が清七を駕籠に乗せて待ちうけている。

蔵は思った以上に大きかった。

中からは明かりが洩《も》れている。

宗兵衛の読みは見事に当った。蔵の戸がガラリと開いて、中から不審を覚えた若い男が一人、

「何だ手前は……」

と出て来て、たちまち宗兵衛に踏み潰された。

すると、中からさらに若い男が走り出てきて、宗兵衛を仰ぎ見た。

「大和屋の若旦那で？　お迎えに参りやした」

宗兵衛がそう言うと、若い男は激しく首を縦に振ると、脱兎《だつと》のごとく裏木戸から外へ走り出した。

木戸の外では待ち構えていた清七が、

「若旦那……」

と声をかけたが、恐怖に怯《おび》えた徳太郎は、清七には見向きもせずに駆け出していた。

「何でえ、これならわざわざ清七を連れて廻ることもなかったぜ……」

宗兵衛は苦笑した。

新三と太十も追えないほどに、徳太郎の逃げ足は速かった。

苦笑いの清七は、すぐに徳太郎の跡を追わんとしたが、蔵の前に異変を覚え駕籠を出ると、杖を手に外から木戸越しに中を窺い見た。

すると蔵の中からぞろぞろと男達が出てきて、宗兵衛を取り囲んでいた。

「おう、宗兵衛。やはり出てきやがったか」

その中の首領格の男が凄んだ。

「何でえ、万三じゃあねえか。お前いたのか」

宗兵衛はニヤリと笑った。

「徳太郎に逃げられちまってざまあねえな……」

「ふん、おれを見くびるんじゃあねえや。徳太郎を攫ったのはお前をここへおびき寄せるためだ」

「なんだと……？」

「あの馬鹿息子からは、今までに随分と絞りとってやったからもうどうだっていいんだ。それよりお前の倅が〝大和屋〟にいると知ってよう」

「それでおれが出てくると踏んだのかい」

「そういうことだ。試しにおもしろずくで徳太郎を攫ってやったら、お前がのこのことおれを嗅ぎ回っているってえから嬉しくなってきたぜ」

「なるほど、お前も少しは利口になったってことか」

「やかましいやい。お前には前に痛え目に遭わされているから、いつか借りを返そうと思っていたところよ」

「そいつはご丁寧なことだ。だが言っておくぞ、おれの倅に指一本触れやがったら、ただじゃあおかねえぞ」

「ふふふ、手前の身を案ずることだな」

宗兵衛は、馬鹿にしきっていた万三が、徳太郎を逃がして自分に刃《やいば》を向けてきたのが意外で、己が不覚を嘲笑った。

――清七、お前、ちゃあんと逃げてくれただろうな……。

宗兵衛はそれを祈りながら、

「おもしれえ。暴れたくて暴れたくてうずうずしていたところだ。相手になってやらあ！」

堂々たる喧嘩口上を吐いた。

宗兵衛は理屈を言わない。いきなり近くにいた男を武器にしている喧嘩煙管で殴りつけた。

そこからは鬼神が降臨したかのように暴れ回った。手がつけられないというのはこのことだ。それでも万三は五人を揃《そろ》えていた。宗兵衛が暴れ回る間隙《かんげき》を縫って、彼はそっと匕首を抜いて後ろに回り込んだ。

万三は、宗兵衛が思った以上に恨みを募らせていたらしい。頭に血が昇ると何をしでかすかわからないのがこの男で、徳太郎を逃がしても宗兵衛だけは刺してやるつもりであった。

本所へ来てから何件かの美人局をして、金貸しの取り立てを務め、それなりに稼いだ。この先はまたほとぼりを冷ましに町を出ればよいのである。

宗兵衛は、喧嘩には天賦の才があるとはいえ、少し息子の前で恰好をつけ過ぎた。寄る年波には勝てず、以前ほどの体の切れもなく、さすがに六人相手はきつかった。

万三に背後に回られ、尚かつ敵を二人前に受けた。

そっと木戸の陰から見ていた新三と太十は、ここが出番と頷き合った。

その時であった——。

「親父殿！」

と、絶叫した清七がいきなり駆け出して、杖で万三の背を打ったのだ。

「野郎！」

そこは万三も修羅場を潜っている。背を打たれたとて気丈に振り返り、清七を蹴り倒し、怒りに任せて匕首を突き立てんとした。

「清七！」

そこへ咄嗟に宗兵衛がとび込んで、清七を庇った。敵を受けていて、万三をはねのける余裕がなかったのだ。

万三の匕首が宗兵衛の左の脇腹に刺さった。

「うむ……！」

宗兵衛は苦悶《くもん》の表情を浮かべたが、彼の体の下で清七は無傷であった。

「しまった！」

一足遅れてしまった新三と太十が杖を手に、争闘に加わったのはその時であった。

願立《がんりゅう》流《りゅう》の達人・西村七左衛門《にしむらしちざえもん》に育てられ仕込まれた二人である。宗兵衛との戦いで弱った敵を倒すのはわけもなかった。

二人が杖を揮《ふる》う度に、万三の手下は地に這った。当の万三はというと、さすがは宗兵衛である。清七を庇い刺されても、その刹那《せつな》喧嘩煙管で万三の頭を割って失神させていた。

清七は、よろよろと立ち上がり、

「親父殿……！　無事かい？」

倒れている宗兵衛を抱き起こした。

「馬鹿野郎、おれは不死身の宗兵衛だぞ……」

宗兵衛は激痛に堪え、血を流しながら強がりを言った。

「それにしても、お前に助けられるとはよう」

「親父殿がわたしを助けてくれたんですよう」

「へへへ、お前を死なせたら、おのぶの奴に恨まれるからな……。それより清七、お前、歩けるんじゃあねえか」

「動けるとわかったら、どこへ付合わされるか知れたもんじゃあ、ありませんからねえ」

「へへ、いっぺえくわしやがったな」

宗兵衛はニヤリと笑うと、

「新さん、太ァさん、助けてくれたのかい」

新三と太十を見た。

二人は宗兵衛の傷口を手拭《てぬぐ》いで押さえながら、

「助けるも何も、ほとんど親分が叩き伏せていなすったから……」

「あっしらはもう夢中で杖を振り回しただけで、片付けることができましたよ」

「いや、やはりおれが見た目は正しかったよ。お前らは、ただの駕籠屋じゃあ……」

「親父殿。喋り過ぎだよ！」

痛みに堪えながらの饒舌《じょうぜつ》を、清七が窘めた。

「親父殿、親父殿……。うるせえ野郎だな。あれ？　親父殿？　お前、おれのことを親父って呼びやがったな……」

宗兵衛は、嬉しそうな表情のまま放心した。

十三

新三と太十は、宗兵衛を駕籠に乗せると、迷わず彼を亀戸《かめいど》の医者・福原一斎《ふくはらいっさい》の許《もと》に運んだ。

二人の後見人である献残屋《けんざんや》〝金松屋《かねまつや》〟の隠居・作右衛門《さくえもん》の昔馴染で、義俠に富む一斎は、喜んで引き受け療治にあたった。

それから五日の間、宗兵衛はここで寝込んだが、

「こんな丈夫な男は初めて見た……」

という一斎の言葉通り、六日目にはもう動いてもよい具合に戻っていた。

そして七日目に、新三と太十が彼を迎えに来た。

「新さん、太ァさん、お前ら二人が迎えに来てくれたとは嬉しいねえ。清七の奴は来ねえのか」

宗兵衛は寂しそうな顔をした。

「夢を見ていたってことだな……」

泣く子も黙る宗兵衛親分も、息子と過ごした一時が夢のように思えるらしい。

考えてみれば、筆墨硯問屋で立派に手代として勤める清七である。自分と一緒に危ない橋を渡った後は、元の暮らしに戻るはずだ。六右衛門のことだから、改めて礼に来るつもりなのだろう。

「清七さんは、おのぶさんを迎えに行ってるそうですぜ」

新三が、そんな宗兵衛を新たな夢へ誘った。

「おのぶを？」

「へい。これからあっしらは親分を〝大和屋〟さんへお連れすることになっておりましてね」

太十がにこやかに告げて、宗兵衛を駕籠に乗せた。

「おれが〝大和屋〟へ？　何しに行くんだ」

「まだしばらくは傷養生がいるだろうからって、旦那が店に来てもらえってね。それで、しばらくおのぶさんに世話に来てもらえと清七さんに」

新三がニヤニヤしながら続けた。

「おい、何言ってやがるんだ。そんなお前……、照れくせえじゃあねえか」

「そんなこたあ、知りませんよ。あっしらはただ親分をお店にお連れするのが仕事でございますから」

「店も忙しいだろ。おれなんぞに構ってられねえぜ」

「いえ、徳太郎さんが心を入れ替えて勤めていなさるので、随分楽になったと旦那が言っておいでですよ」

「この恩に報いるために、心を込めて親分のお世話をさせていただきますとの仰せで」

「おいおい、新さん、太ァさん、勘弁してくんなよ。今さらお前、逃げた女房と子供に世話してもらうなんて……」

駕籠の中から聞こえてくる宗兵衛の声は、しっとりと濡れていた。

「何を言ったって無駄ですぜ」

「この駕籠は〝大和屋〟さんにやらせてもらいますから」

「だが親分、あっしらも、心地の好い仕事をさせていただきましたよ」

「ありがとうございました……」

「勘弁してくれよ……」

それから、しばらく宗兵衛の涙を含んだ抗《あらが》う言葉は続いたが、やがてそれも、

「ヤッサ」

「コリャサ」

という威勢の好い、新三と太十の掛け声にかき消されていったのである。

二　帰ってきた男

一

見知らぬ人を駕籠に乗せ、まだ一度も通ったことのない道を行く。

それが駕籠舁きの醍醐味《だいごみ》であると、新三と太十は思っている。

しかし、終始にこやかに和気藹々《わきあいあい》として、束の間《つかのま》の一時を過ごせるとは限らない。

町を流して客を拾う辻駕籠には、

「とんでもない人を乗せちまった……」

という危険は絶えずある。

だからこそ刺激があってよいのだが、この時ばかりは新三と太十は困り果ててしまった。

梅雨の到来を間近に控えたある日のこと。

新三と太十は、朝から方々へ客を乗せ、薬研堀《やげんぼり》にさしかかったところで、

「ちょいと駕籠屋さん……」

長屋の女房風の中年女に呼び止められた。

駕籠は空であったので、

「へい、どこへ行かせてもらいましょう」

新三は愛想よく笑いかけると、太十に目で合図をして駕籠をその場に下ろした。

「それが、わたしじゃあないんだよ……」

女はしかめっ面で、堀端の縁石に腰をかけている六十絡みの男を見た。

男は痩身《そうしん》で、髪には随分と白いものが目立っている。顔立ちは整っていて、どことなく品がある。

着古した単衣姿《ひとえすがた》であるが、夏羽織も着し、腰には小脇差を帯びている。

浪人で風流に生きる気儘人《きままびと》に見える男は、昼になったばかりというのに、ほろ酔い気分らしい。

新三と太十と目が合うと、にこにことして何度も頷いていた。

「ああ、この旦那さんで……？」

新三が問うと、

「近頃うちの長屋に越してきた旦那なんだけどね……」

女が所用を足しに出て、この辺りを通ったところ、ばったりと出会ったらしい。

声をかけてみると、男は涼しい朝に心浮かれて、ここまでぶらぶらと歩いて来たところ、朝から飲ませてくれる店を見つけて、思わず一杯やったらしい。

「それであの通りのご機嫌でね。これから深川《ふかがわ》まで人に会いに行くというんだよ。何だか足もともおぼつかないようでさあ。駕籠に乗った方がいいんじゃあないんですか、て言っていたところに、駕籠屋さんが通りかかったってわけさ。旦那はあれこれいいほらを吹くけど、お金は持っているみたいだから、乗せてあげておくれな」

女は勢いよく喋り続けると、

「そんなら旦那、お気をつけて……、丈夫な方じゃないようだから、あんまり飲んじゃあいけませんよ」

男に言い置いてあたふたと去っていった。

新三と太十は、そう言われると放っておけなくて、

「旦那、どうなさいます？」

「深川まで、参りやすか？」

男に声をかけると、

「そうしてもらいますかな。今のお喋りな小母《おば》さんが言った通り、金ならありますからねえ」

細い声だが、穏やかで軽妙な口調であった。

昔、西村七左衛門に拾われて、諸国を旅した折、こういう風流人をよく見たものだ。

風雅にいそしみ、どこか人を食ったような洒脱な物言いをする人が多く、

「太十、あんな風に生きていければいいな……」

「おれにはできぬな」

などと言い合ったものだ。

「承知いたしました。まずお乗りくださいまし」

新三は勧めたが、

「すぐに乗ると目が回りそうで恐い。少しだけ風に当らせてくれますかな」

男はそう言って、二人にあれこれと話をし始めた。

「もっとも、死ぬのを恐れているわけではないのじゃが……。ははは、わたしはもういつ死んでも悔いがないと思うておりましてな。ただ、死ぬ間際まで、しっかりとこの目と耳で、花鳥風月、人のおかしみを味わいたいとな……」

おもしろいことを言う人だ。

新三と太十は、客の話は素直に受け止められる男である。

「いつ死んでも悔いがないとは、大した境地でございますねえ」

「色んなことをし尽くしてしまわれましたか」

と応えると、

「まずそんなところですな。あのお喋りな小母さんは、わたしをただのほら吹きだと思うておりますがねえ」

男はからからと笑った。

そういえば、先ほどの女は男があれこれとほらを吹くと言っていた。

「これでも昔は、くさるほど金があって、一回りするのに小半刻《こはんとき》もかかるかという屋敷に住んでおったのじゃ。ははは、屋根つきの白い塀がどこまでも続いていて、立派な見越しの松が覗いていた……」

こんな話を臆面《おくめん》もなく言ってのける男を見ていると、

「なるほど確かにほら吹き親爺《おやじ》だ……」

新三と太十は心の内で語り合ったが、こういう時は、黙って相槌を打って聞いてやるに限ると二人は達観していた。

風雅を求めて暮らしている侍崩れであると思われるが、大金を得て広大な屋敷で暮らしていたようには見えない。

だが、それなりの暮らしをしていた人なのであろう。

それゆえ浮世離れした風情が漂うのだ。

ほら話を聞くなら、話が大きければそれだけおもしろいというものだ。

こういうこともまた駕籠屋の楽しみだと耳を傾けた。

「まず金などというものは、欲しい欲しいと思うている間が何より。手に入ってしまえば、それにつられてあれこれ人がたかってきて面倒なことばかりだ。あんなものは、今日一日飯が食べられるだけあれば十分ですからねえ……」

黙って聞いてやると、男はますます調子に乗って喋り始めた。

そろそろ酒の酔いも好い具合に醒めてきたであろうと、

「そんならそろそろ参りやしょう」

新三が水を向けると、

「駕籠屋さんを待たせてもいけないね。さて、やってもらいましょう。わたしは麻《あさ》右衛門《えもん》……。よろしく頼みますよ」

彼はそう言って、駕籠に乗り込んだのだが、それが大変な一日の始まりになるとは、新三と太十には知る由《よし》もなかったのである。

二

「ヤッサ」

「コリャサ」

新三と太十は、快調に武家屋敷が続く大川端を南へ走り、新大橋《しんおおはし》を渡って深川へ。

行き先は八名川町《やながわちょう》であった。

「ここに昔馴染がおりましてな」

麻右衛門はそう言って、通りを右へ左へと駕籠を進ませた。

ところが、どうも目当ての借家が見当らない。

小さな商店が並ぶ表通りの角で麻右衛門は一旦駕籠を降りて、辺りを見廻したが、

「う〜ん、どうも目当ての借家は、もうここにはなくなっているようじゃな……」

やがて寂しそうに言った。

「長らく旅に出ていたゆえ、町の様子が変わるのも無理はないか……」

「長らく江戸を……？」

つまり、広大な屋敷を出て長い旅に出て、近頃江戸に戻り、あのお喋りな中年女が

住む長屋に暮らし始め、かつての知り人を訪ねようとした。

しかし、その知り人はもうどこかに越していて、その借家も取り壊されたか建て直されたかで、既にこの町に名残を留めていないというわけだ。

「江戸には何年ぶりで戻って来られたんです？」

太十が問うた。

「そうじゃのう。うむ、もう三十年はたっていたかな」

件の長屋に住まいを構えたのが一月《ひとつき》前だと麻右衛門は言った。

「三十年ですか……。そりゃあ人も動くし、町も変わっちまうでしょうねえ」

新三は気の毒そうに言った。

「では、他を訪ねるとするか……。新三殿と太十殿であったな」

麻右衛門は話すうちに二人の名を覚えたようだ。

「へい、新三と呼んでやっておくんなさい」

「太十と呼んでやっておくんなさい」

「ならば、新殿と太ァ殿と呼ばせてもらおう。新殿……」

「へい」

「太ァ殿」

「へい……」

どうも調子が狂うので呼び捨ててくれたらよいのだが、客が自分達を何と呼ぶかは勝手であるから、言われたままにしていると、

「次は猿江町《さるえちよう》にやってはくれぬかな」

麻右衛門は、新たな行き先を告げた。

猿江町ならここからさして遠くもない。

「へい。そいつはよろしゅうございますが。少し休んでから参りますか?」

新三は麻右衛門を気遣った。

やたらとよく喋るが、声は細く、体も痩《や》せている。あまり達者そうにも見えないので、この度もまた一息入れる方がよいと思ったのだ。

「それはありがたい。なに、酒手をはずむだけの持ち合せはあるのでな。それなら新殿と太ァ殿、少しだけ付合うてはもらえぬかな」

麻右衛門は、近くに田楽豆腐《でんがくどうふ》の辻売りが出ているのを認めて、二人にそれを振舞った。

自分は串を求めず、傍《かたわ》らの切り株に腰かけ、冷や酒を一合ばかりちびりちびりとやった。

新三と太十にも飲めと勧めたが、二人は丁重に断わり、

「旦那は酒がお好きなんですかい」

と、新三が訊ねた。

それほど酒が強いとも思えぬのに、やたらと飲もうとするのには、何か理由があるのだろうかと、気になったのだ。

「いや、好きというほどのものではないのだが、懐かしい知り人に会うかもしれぬというのに、しょぼくれた顔をしていては気が引ける。少しばかり朱に染まっている方がよいと思うてな」

なるほど、それも道理である。

麻右衛門はやはり体の具合があまり芳しくないのかもしれない。

それなのに、今日彼は方々昔馴染を巡らんとしているのなら、今日でなければならない理由があるのかもしれない。

新三と太十は、共にそんなことを思いながら、麻右衛門の休息に付合ったのであるが、彼は新三と太十を気に入ったのか、それからぽつりぽつりと己が身上を語り始めた。

「面倒な客を乗せたと思うているであろうが、今しばし付合うてくれ……」

こう言われては黙って聞くしかない。

麻右衛門は、かつてとある大名家に仕えていたそうな。

父は納戸役《なんどやく》を務めていて、なかなかの有力者であったが、主家《しゅけ》は無嗣断絶《むしだんぜつ》となり一家は浪々の身となった。

「家中の皆は、嘆き悲しんだが、わたしは浪々の身になるのが嬉しくて仕方がなかった……」

麻右衛門は宮仕えなどしたくなかった。

いつか、この世のあらゆる風流を求めて、気儘に暮らしたいと思っていた彼にとっては、浪人になる方がよかったのである。

そして、主家断絶の直後に父もこの世を去ったのだが、

「麻右衛門……、お前に金を遺すゆえ、これを使い、新たな仕官の口を見つけ身を立てるのじゃぞ」

と遺言した。

それは、なかなかの金額であった。

納戸役の役得に与かり、父はあれこれ裏金を拵え、不正に貯めこんでいたのであろう。

そんな金を使い再就職を果さんとするつもりは麻右衛門にはさらさらなかった。

この金を上手に使って、気儘に生きてみよう。夢のような話に心を躍らせ、

「よし、旅に出よう……」

麻右衛門はそうして、まず江戸に出てみようと思い立ち、旅発《たびだ》った。

「その道中、一人の男と出会いましてな」

男の名は熊吉《くまきち》という。

地蔵堂に人の気配がすると思い確かめてみると、熊吉は隅で大きな体を折り畳むかのように倒れていた。

麻右衛門は、慌ててこれに駆け寄り、食べ物を与えんとしたのだが、

「旦那、おれのような大飯食らいを助けたって、何の得にもなりませんぜ……」

と、彼は言う。

話を聞けば、熊吉は、貧乏な百姓の家に生まれ、大飯食らいのために家を追い出されたのだそうな。

力だけは人一倍強いので、相撲取りになれと言われたのだ。

しかし、争いごとが嫌いな熊吉に、相撲は性に合わない。

相撲取りになる術《すべ》をも知らず、いつしか漂泊してここに倒れたのだという。

「世間は薄情なものですねえ。何でもするから飯を食わせてくれと方々で頼んだが、誰も相手にしてくれません……。こんな世の中ならいっそ死んでやろうと、二日前からここに横になっておりました……」

熊吉は力のない声でそう言うと、

「だが考えてみれば、恩も義理もねえおれに施す謂れもないのは皆同じだ。誰だって手前が食っていくのが精一杯なんだ。だからおれは世間を恨まねえ。役に立てねえ男は死んじまえばいいんだ。だから旦那もおれなんぞに構うこたあねえです」

悟りきった顔をして目を閉じた。

麻右衛門はその様子がおもしろくて、

「わたしに気を遣うことはない。金なら食うに困らぬくらいは持っている。しかもこの金は、わたしが汗水流して働いて得たものではないのだ。それゆえ、気兼ねはいらぬゆえ、腹いっぱい食え……」

まず自分が持っていた握り飯を与え、歩けるようになったところで、街道沿いの茶屋に連れていってさらに飯を食わせた。

「すると、食うわ食うわ、五合ほどの飯をぺろりと平《たい》らげよった」

すっかりと元気を取り戻した熊吉に、

「お前は力持ちだそうじゃのう。どれくらい力があるか見せておくれ」

と言うと、

「まずこんなもんでさあ」

熊吉は路傍の五尺四方はある大石を、えいやと持ち上げたかと思うと、今度は茶屋の裏手に置いてあった、大人三人がかりでやっと持ち上げられる材木を、軽々と手にして振り回した。

周りの者は皆驚いた。

その茶屋は女所帯で、ちょうど道具類の整理に男手を探していたというので、

「そんなのは任せておくれ」

とばかりに、熊吉は重い調度や道具を両手に持ち、両脇に挟んであっという間に片付けてしまった。

茶屋の老婆は大喜びして、熊吉の飯代は受け取らず、握り飯まで持たせてくれたのであった。

「それもこれも旦那のお蔭でございます……」

熊吉は泣いて喜び、それから麻右衛門の供となった。

麻右衛門にとっても幸いであった。

武士であっても腕はからきし立たず、非力であるから、力持ちの供の存在は彼を引き立たせてくれた上に、用心にもなった。

争いごとが嫌いな熊吉も麻右衛門のためには勇を奮った。

道中何度か賊に襲われそうになったが、熊吉が大岩を持ち上げただけで逃げていったし、

「ある時などは、十人ばかりに取り囲まれたところを、熊吉が二間あろうかという丸太を振り回して追い払うてしまったこともあった」

のであったそうな。

「そうして、江戸への旅を続けたのじゃ」

なめるように飲んだ一合の酒が、よい具合に回ってきたようで、麻右衛門の顔をほんのりと朱に染めていた。

——聞いている分にはおもしろいが、これは相当なほら吹きだ。

新三と太十は、いくらなんでも五尺四方の大石を持ち上げられまいと思いながらも、

「新殿と太ァ殿に話を聞いてもらうと、沸々と気力が湧いてくるのう」

本人がそれならば言うことはない。

「さてと、次へ参りますかな」

麻右衛門は自らまた駕籠に乗り込んでくれたのである。

三

「ヤッサ」

「コリャサ」

と、三人が次に向かったのは深川猿江町であった。

深川には巧みに運河が巡らされていて、東西に流れる小名木川《おなぎがわ》と、南北に流れる横川がぶつかるところに、目当ての場所があるという。

麻右衛門は、いつ頃どういう友達がこの辺りに住んでいたのかは語らなかったが、江戸にいた頃にその相手とこの辺りでよく会っていたと思われる。

そして、新三と太十はわざわざその謂れは訊かない。

駕籠舁きとしての日頃からの心得でもあるが、この客の場合は特に、話題には触れぬ方がよいと思われたのだ。

だが、この度も八名川町と同じく、麻右衛門に言われるがまま、知り人が住んでい

たという家を捜し歩いたが、

「う〜む、目当ての家はのうなっているようじゃなあ……」

と、麻右衛門は嘆息した。

「また無駄足であった。すまぬな……」

肩を落す麻右衛門を見ていると、新三と太十も心苦しく、

「いえ、あっしらは言われた通りに駕籠を舁くのが仕事でございますから……」

「そもそも無駄足などございませんよ」

そのように慰め、結局ここでも、

「誰にも会えないのも悔しいのでねえ。次は本所の出村町《でむらちよう》まで行ってはくれないか」

と、さらなる注文をした。

頼まれると嫌とは言えず、

――まあこれも仕事だから、こういう時もあるさ。

と、引き受けた。

そしてまた、駕籠に揺られる前にひと休みをさせてあげねばならなくなり、今度は横川の岸の縁石に腰をかけつつ、川風に当りながら麻右衛門が語るほら話の続きを聞く羽目になったのである。

「熊吉の次に出会うたのが、仙助《せんすけ》という男であった……」

熊吉を供にした麻右衛門の人助けは、さらに続いたらしい。

いったい、麻右衛門はどこから江戸に向かって旅に出て、熊吉と仙助とはその道中どこで出会ったのか――。

そんなことを聞くのも煩《わずら》わしく、他愛《たわい》もない老人の昔話に付合うつもりで、二人はこの度も話を聞いた。

何ともやさしい新三と太十ではないか。

「熊吉と夜道を歩いていると、暗闇からいきなり声が聞こえてきて……」

その声の主が仙助であったそうな。

先を急ぐあまり、麻右衛門と熊吉は、宿場に留まる間合を違えて、その日は次の宿場に入る随分と手前で、二人は夜を迎えてしまった。

こうなったら、野宿でもしようかと肚《はら》を決めたのだが、

「もし、旅のお人……。よろしければわたしが提灯《ちょうちん》の代わりを務めてさしあげますが、いかがですかな」

そう話していた矢先に、傍の繁みから声がかかったので驚いた。

熊吉は大力だが、こういうところは恐がりであった。麻右衛門とてそれは同じであ

った。

「そこにいるのは何者だ？　無礼をいたすと斬って捨てるぞ」

それでも彼は、勇気を出して叱りつけた。

熊吉の怪力も暗闇の中では役に立たないし、相手が何者かわからないのは、真に不気味であった。

しかし、〝提灯の代わりを務めてさしあげます〟とはどういうことであろう――。

麻右衛門は不思議に思った。

その場から十町ほど手前のところで、麻右衛門、熊吉主従は提灯を失っていた。

熊吉が木にうっかりとぶつけてしまい、その拍子に燃えてしまったのだ。

携帯の提灯の持ち合わせもなく、二人は星の光を頼りに、どこか枯木で火をおこせそうなところを探してここまで来たのだ。

「これはご無礼をいたしました。先ほど提灯を木にぶつけて、燃やしてしまわれた様子をここから拝見いたしまして、思わず声をおかけした次第で……」

するとと仙助はそう言った。

恐るべきことに、仙助ははかり知れぬ視力を持ち、夜目も利くと言うのである。

念のために暗闇の中、自分達の特徴を問うと、着物の柄から背恰好まで、明るいところで見たかのような応えが返ってきたものだ。

「お前の力はわかったから、そんなところにおらずに傍に出て来るがよい」

「左様でございました……」

仙助は繁みの中から出て、麻右衛門と熊吉の傍へと寄って来た。

その物音と薄《うっ》すらと感じられる人影で、麻右衛門達は仙助の存在をやっとのことで感じとれたのであった。

「暗いところにおりますと身を守れますので、ついそのままお話をしてしまいました」

仙助はそう言って自ら火をおこして、小さな焚《た》き火《び》を拵えた。

すると、やっと仙助の姿が見えた。

熊吉とさして変わらぬ年恰好で、ひょろりと背の高い若者であった。

「わたしは仙助と申します……」

話を聞くと、仙助は天涯孤独の身で、路傍に捨てられていたのを、三人の旅芸人に拾われて育ったのだという。

しかし、子供の頃から数町先のものが見え、夜目も利くという異常な才があることに気付き、旅芸人達はこれは大したものだと、仙助を見世物小屋に〝千里眼の男〟として出演させて評判をとった。

とはいえ、暗闇で何が見えようと、見世物小屋では芸にならないので、芸はもっぱら客が手にした小さな木札に書かれた字を読み解くくらいのものとなる。

一所での芸はすぐに飽きられるので、旅から旅への出演となる。

そのうちに三人の旅芸人も仲違いをしたり、病死したりでばらばらになり、仙助一人が取り残された。

こうなると、旅先での交渉ごとや、いかにして芸で稼ぐかの段取りは、いつも人任せであったゆえに自分では出来ず、街道で大道芸のようにして僅かながらに祝儀を稼ぐか、

「今のように、夜道で難渋しているお方の目になってさしあげて、その駄賃をちょうだいするくらいしか、方便《たつき》を立てる術がございませんで……」

とはいえ、夜道で灯を失い難渋するような旅人に出会うことなどまずない。

一度は山賊の手先にされかけて、命からがら闇の中を逃げたこともあった。

暗闇から声をかけられ、驚きのあまり逃げ出す旅人もいて、なかなか思うにまかせない。

「こんな暮らしは改めて、まっとうに働いてみとうはございますが、世間を知らずに

生きて参りましたので、何もわかりませず……」

途方に暮れて、闇の中で夜を明かさんとしていると、麻右衛門と熊吉の姿を見て、

「このお方なら声をかけても、逃げたり、襲いかかったりせずに、わたしの話を聞いてくださるのではないかと思ったのでございます……」

と、仙助は頼りない焚き火の明かりを見つめながら辛い身の上を吐露したのであった。

熊吉は涙ぐんで、

「お前の気持ちはよくわかるよ。おれも誰にも負けない力があるが、旦那様に出会うまでは、気味悪がられたりして、その力がかえって仇《あだ》になったものだ」

仙助に同情したものだ。

「天賦の才というものは、誰かに引き出してもらってこそ、世の中で役に立つのかもしれぬな……」

麻右衛門は、つくづくと感じ入って、

「よし、それならお前もまた、わたしと一緒に旅をしようではないか」

熊吉に続いて、仙助をも供にしたのであった。

仙助は大いにありがたがった。

まず麻右衛門の世話をしながら、日々いかにすれば自分の術が麻右衛門の役に立つか、指図を仰いだのである。

麻右衛門は、仙助の眼のよさを利用して、抜け道を探したり、野宿を迫られた折は、彼に目の代わりを務めてもらって、あらゆる危険から逃れられた。

また遠景が見られると、災害の予知が出来たり、大きな建物の傷んでいるところなどを察知出来る。

それで土地土地で重宝がられて、

「旦那のご家来衆は、何とありがたいことをしてくれたものか――」

などと千里眼を役に立たせて、人からの信頼を得られた。

そういう礼などが麻右衛門にもたらされるようになると、麻右衛門は惜しみなく従者に分け与えたので、三人の旅はますます楽しいものになったのであった。

「ふふふ、まず新殿と太ァ殿には信じ難い話であろうがな」

麻右衛門は、横川の岸辺でそこまで話すと、少しばかりはにかんで、また自分から駕籠に乗り込んだ。

今度は目が恐ろしくよく見える男の話か――。

新三と太十は、そんなに夜目が利き、尚かつ昼間はまた遠景が見える男などいるはずはないと思い、いささか呆《あき》れていた。

しかし、話を聞いているとなかなかにおもしろく、先が気になるから困る。

「では、本所の出村町へ……」

新三は太十を促し、二人で、

「よッ！」

と、駕籠を持ち上げた。

四

「コリャサ」

「ヤッサ」

新三と太十の駕籠は、本所出村町へとやってきた。

ここは猿江町からはほど近い。

駕籠の中身は、痩身で小柄な麻右衛門であるから、新三と太十にとっては何でもない行程なのであるが、軽快な足取りというわけにはいかなかった。

何となく麻右衛門との先行きに不安を覚えたからである。

今までにも、ほらを吹いたり、わけのわからない話をする酔っ払いを乗せたこともあった。

行き先を間違えては、いくつも進路変更を余儀《よぎ》なくされたこともあった。

だが、その両方が重なる客はなかった。

麻右衛門は悪人には見えない。しかし、老境に入って自分の人生の行方を失ってしまった危うさが窺える。

後になって考えると、

「まったくあの時は参ったぜ」

と、笑い話に出来るようにも思えないのである。

いったい自分達の駕籠はどこに行きつくのか——。

先が見えないもどかしさが、新三と太十を襲っていた。大海を漂流する船のような心地がするのだ。

それでも麻右衛門の話を聞いてやり、新たな行き先へ向かうのは、それが駕籠舁きの使命であり、

「お客さん、そいつは勘弁してくだせえ」

と言えば負けであるという、矜持《きょうじ》がそうさせるのだ。

師であり親と慕った西村七左衛門に付いて武芸を学んだ二人は、生きることもまた修行だと心得ている。

かつて小倉《こくら》の地に逗留《とうりゅう》し、師と共に世話になった小笠原《おがさわら》家の重臣・渋田見主膳《しぶたみしゅぜん》は、御家騒動の渦中にあって暗殺された。

主謀者は処刑されたというが、実行役を務めたと思われる、兵頭崇右衛門《ひょうどうたかえもん》と河原大蔵《かわはらたいぞう》は未だ姿をくらましている。

江戸にいるのではないかという二人を、いつか見つけて討ち果すために、新三と太十は駕籠屋となって、江戸の隅々まで知ろうとしている。

その機会を与えてくれる駕籠屋稼業は、彼らにとって引き続き身を投じる修行の場なのである。

不安を覚えたとて、弱気になってはなるまい——。

「ヤッサ」

「コリャサ」

新三と太十は、今一度気合を入れ直して駕籠を舁いた。

やがて東西に流れる竪川に架かる新辻橋《しんつじばし》が見えてきた。

本所、深川は江戸の新興地であり、水郷の趣きがある。

その美しさとは裏腹に、新興ゆえの熱気と妖しさを孕んでいて、まだ三十にならぬ新三と太十の心を湧き立たせる。

麻右衛門は、先頃三十年ぶりに江戸に戻ったと言う。

江戸を離れる時に、彼は何を思ってこの景色を眺めていたのだろう。

新三と太十は、近頃そんなことを頭に浮かべるようになっていた。

三十年前の麻右衛門は、自分達と同じ年恰好であったはずだ。

三十年たてば、自分達はどうしているのだろう。

まさか駕籠は舁いていまい。

生きているかどうかも知れたものではない。

だが、二人して生きていれば、駕籠を舁いて江戸中を走った昔を懐しく思うことであろう。

「あんなこともあったなあ」

「こんなこともあったぞ」

と、若い者の前で物語る時、多少話に尾鰭《おひれ》をつけるかもしれない。いや、きっとつけるであろう。

「客の喧嘩に巻き込まれちまった時は、もうここまでと思ったねえ。相手は五十人くれえはいたかねえ。それをおれと太十で杖を揮ってよう、こう、右へ左へ身をかわして、次から次へと叩き伏せてやったら、辺り一面が倒れた奴らだらけさ。仕方がねえから、そいつらを踏みしめながら駕籠を舁いてその場から逃げたもんだぜ……」

そんなほらを吹くのは自分で、その横で太十がにこにことして聞いている――。

今は自分達が、少しばかり武芸が遣えて腕に覚えがあることを隠しているが、その頃になれば構うことはない。どれだけ強かったか自慢してやろう。

――そんな日が来れば好いのだが。

新三は、ふとそんなことを頭に描いていた。

ちらりと後ろを見ると、後棒の太十は笑っていた。

いつしか新三の背中を見るだけで、相棒が何を考えているのかわかるようになったらしい。

新辻橋を渡って、諸大名家の下屋敷を右に眺めながら北へ進む。

平河山法恩寺《へいかざんほうおんじ》、続いて常在山霊山寺《じょうざいざんれいざんじ》の伽藍《がらん》が見えてくる。

霊山寺の山門前で、麻右衛門は一旦駕籠を止めてくれと言った。

ここまでは小半刻もかかっていない。

駕籠から降りた麻右衛門は、まだほんのりと顔を朱に染めていたが、何やらげっそりとやつれたように見えた。

「はあ……、霊験あらたかですな……」

彼は目尻の皺《しわ》に涙を浮かべつつ、遠くを見て合掌した。

「お詣りをなさいますか」

新三が問うと、麻右衛門はゆっくりと頭を振ると、

「それには及びません。何やら呑み込まれそうで恐《こ》わい……」

小さく笑った。

「すまぬが、また家を捜してくれぬかな……」

そして、麻右衛門は自ら再び駕籠に乗り込んで、

「まず、次の角を左へ行ってもらいたい」

と、注文をした。

「承知いたしました！」

新三は元気よく応えると、再び太十と駕籠を舁いて、出村町の通りを走った。

「ああ、随分と景色が変わっておりますな」

駕籠の中から、麻右衛門の溜息が聞こえてきた。

彼は、町を訪れる度に、様変わりしている現状をまのあたりにして、浦島太郎《うらしまたろう》のよ

うな心地になっているようだ。

ここでもまた、目当ての家が消えていれば、自分自身が情けなくなる上に、新三と太十に申し訳ない想いが募る。

次第に麻右衛門の声も、張りがなくなっていくのであった。

「え〜、確かその角に大きな杉の木があったはず……。はい、ありましたな。するとそこから少し広めの通りに出るはず……」

道は麻右衛門の言った通りに現れた。

「火の見梯子《ばしご》が見えますかな？」

「へい、そこに見えております」

新三の声も弾んできた。

誰の家かは知らないが、懐かしい人が住んでいた建物がそこにあるのであろう。

「もう存じ寄りの者は住んでいないかもしれぬが、あの頃の思い出に少しでも浸ることができたら、それだけでよいのじゃ」

ここへ来る道中、麻右衛門はそう言っていた。

彼の人生の中で、深川から本所界隈で過ごした頃が、何より楽しく、充実していたのかもしれない。

三十年振りなのだ。誰に会えなくても仕方はあるまい。

だが、確かに自分はここで暮らしていて、若き日の汗を流していたと確かめておきたいのであろうか。

麻右衛門の話を聞いていると、とある大名家に仕えていて、御家が改易となって江戸へ出て来たのは本当なのであろう。

そして、江戸で暮らした数年が、麻右衛門にとって、何よりも大事な歳月であったのかもしれない。

「その火の見梯子を通り過ぎた角を右に曲がれば、間口五間ばかりの仕舞屋があると思うのじゃがのう」

麻右衛門の声も、少しばかり浮き立っている。

「行ってみましょう」

もしや、麻右衛門は、以前そこに住んでいたのではないかと思われたが、それを訊ねると、

「……一回りするのに小半刻もかかるかという屋敷に住んでおったのじゃ……」

と、聞いていたのをうそだと思っていることになるゆえ、新三と太十は何も問わず、言われた通りに駕籠を進めた。

ところが、火の見梯子がある自身番屋を通り過ぎ、次の角を右に曲がってみたのだが、そこに間口五間の仕舞屋はなかった。

その場は広い空き地になっていて、草が茂るばかりであったのだ。

「ちと止めてくれぬかな……」

麻右衛門は、駕籠の中からそれを認め、片方の垂れを上げると、しばし空き地を見つめた。

そうして、また深い溜息をつくと、

「近くに〝やませ〟という居酒屋があったと思うのじゃが、少しだけ付合うてくれぬかな……」

麻右衛門は祈るような目で、新三と太十を見上げた。

五

〝やませ〟は、そこから真っ直ぐ北へ出て、川沿いの道にあるのだと、麻右衛門は言った。

新三と太十は、居酒屋を見つけて、一杯だけいただきましょうと、快く返事をした。

また付合わされるのかという気持ちよりも、またお目当ての家が見つからなかったのかという、気の毒さが勝ったのである。

八名川町と猿江町は、町並そのものが変わっていて、どこに家があったのかはっきりしなかった。

しかし、この出村町では、目当ての土地に、麻右衛門の記憶がそのまま残されていて、町並に反映されていただけに、麻右衛門にしてみれば、懐かしさも一入《ひとしお》であったらしい。

それが、その一画だけ見事に取り壊され、空き地になってしまっているとは、がっかりするのも無理はなかろう。

その家がどうなってしまったのか、自身番屋で訊ねてみたらどうなのだと新三は勧めてみたのだが、

「ふふふ、それには及びませぬよ。壊される前にいた人とて、きっと知らぬ人に違いない。もうよいのです」

この辺りのことを知る人がいたとしても、面識もなく、ここから三十年離れていたという男にあれこれ訊ねられると気味悪く思うであろう。

「懐かしい家を眺めて、たまさか知った人と行き会えれば嬉しいと思うたまでのことゆえ、気にかけんでくだされ」

麻右衛門は、いささか自嘲《じちょう》気味に言った。

そっと懐かしの地を巡り、偶然の出会いを求めたが、そんな都合よくことが運ぶはずもないのだ。

「わたしはいったい何がしたくて、ここまで来たのでしょうな。自分でもわからぬ。頭の中のたがが外れたところに、一杯ひっかけたのがいけなかったのかな……」

麻右衛門はそう言って、〝やませ〟の名を告げたのだ。

その居酒屋で一杯飲んでいれば、偶然に知り人と出会うかもしれないと、麻右衛門は思ったのかもしれない。

それが、この老人にとって何が楽しいのか、何の意義があるのかは、さっぱりわからぬが、麻右衛門なりに昔の感傷に浸りたい何かがあるのであろう。

各町でそれが思うようにならず、その照れ隠しのために、新三と太十にほら話を語ってきたのかもしれない。

それならば、この度もまた自分達は、相槌を打ちながら聞いてやればよいだけだ。

「新殿にこれを渡しておこう」

このまま付合わせては心苦しく思ったのであろう。

まず自分が金を持っているという証《あかし》の意味も含めて、麻右衛門は、ここへ来る時、新三に革財布を手渡していた。

財布には三両あまり入っていた。

これだけあれば、新三と太十がどれだけこの先の行き先を増やされたとしても、十分足りる。

まず預けておくから安心してくれと言いたいのだろう。

「こんなに駕籠賃は要りませんが、お預りさせていただきましょう」

新三が礼を言い、横で太十が小腰を折った。

これで、今日は貸し切りにしてもらえばよかろう。

仕事となれば気持ちよく務めようではないか。

心も新たに、新三と太十は居酒屋を探したのであった。

やがて、麻右衛門が言った通り、北へ出て川沿いの道に一軒の居酒屋があった。

「旦那、ありましたよ」

新三が嬉しそうに言ったのであるが、店の幟には〝やませ〟でなく、〝よこかわ〟と書かれてあった。

「ふふ、あるにはあったが、店が変わっているようだ……」

どこまでも自分の思い出を消してしまう町の変遷が憎らしかったが、麻右衛門はもう笑うしかなかったようだ。

「まあ、とにかく入りましょうか」

太十がゆったりとした口調で言った。

まず、麻右衛門に一杯やらせてやりたかった。

「そうじゃな。〝やませ〟であろうが〝よこかわ〟であろうが、居酒屋に変わりはあるまいて」

麻右衛門は、新三と太十のやさしさが胸に沁《し》みたのか、笑いながらも泣いているような顔となり、駕籠から降りた。

「さあさあ、新殿、太ァ殿、預けた金から駕籠賃を引いた分で、いくらでも飲んでくれたらよい。勘定は新殿に任せたよ」

「いえ、あっしと太十は一杯だけお付合いをいたします。まだこの先、駕籠を舁かねえといけませんので」

「そうか、そうじゃなあ……」

飲み食いは思うがままにしてくれたらよいと言いながら、麻右衛門は店へ入ると、縄暖簾に一番近い床几に腰を下ろした。

そこなら新三と太十が、止めた駕籠を見つつ、酒に付合えると考えたのだ。

「へい、何にいたしやしょう」

店の主人が出て来て訊ねた。

四十過ぎで入道頭。お運びに小女一人を使い、主人は陽気に店を回していた。

血色のよい頭には豆絞りの手拭いで鉢巻《はちま》き。

それが何ともよく似合っていて、三人の気持ちをほぐしてくれた。

「まず酒をな。駕籠の衆には何か力がつくものを食べさせてあげておくれ。わたしは酒があればそれでよい」

麻右衛門は穏やかに言った。

「へい。そんなら筍《たけのこ》の煮物に、今日は鯨《くじら》が入っておりますから、こいつを茄子《なす》を輪切りにしたのと濃いめの出汁《だし》で煮てみましょう」

主人はてきぱきと応えて、

「せっかくですから、旦那の分も少しだけお持ちいたしますが、どうですかい？」

と勧めた。

麻右衛門は、〝よこかわ〟の主人を気に入って、

「ではそうしてもらおうか。時に、ここは〝よこかわ〟というのじゃな」

初めてそんな問いかけをした。

「へい、横川が傍に流れておりますので、そのまま名付けております。へへへ、芸がありませんねえ」

主人はそう言って入道頭を撫でてみせた。

「ここに店を開く前は、〝やませ〟という名ではなかったかな？」

「〝やませ〟……？　ここに店を出したのは五年前ですが、〝やませ〟ではなくて、〝岸川《きしかわ》〟でございました」

「〝岸川〟？」

「へい。川の岸にあるから〝岸川〟で。へへへ、〝よこかわ〟よりはましですねえ」

「左様か、三十年ぶりにこの辺りへ来たものでのう」

「三十年ですか？　きっとその間に、何度も代替りをしたのでしょうねえ。この辺りも人の流れが早《はよ》うございますから……」

主人は、少し申し訳なさそうな顔をしてぺこりと頭を下げると板場へと戻った。

彼のもの言いがはきはきとして心地よいゆえ、哀感は湧かなかったが、改めて三十年の長さを思い知らされた。

「はは、それはそうじゃな。三十年前となると、新殿と太ァ殿は……？」

「へい、あっしも太十もまだ生まれておりませんでした」

「そうなのじゃのう。くだらぬ遠出に付合わせてしもうたな……」

「いえ、あっしらも好い仕事をさせていただいたと喜んでおります。なあ太十」

「へい。三十年前ここに〝やませ〟って店があった。そいつを知っただけでも、駕籠屋にとっちゃあ、ありがてえ話でございます」

「そう言ってくれるとわたしもありがたい。あのお喋りの小母さんも、好い駕籠の衆を呼び止めてくれたものじゃ」

さすがに疲れてきたか、麻右衛門の表情もますますげっそりとしてきたが、酒と料理が運ばれてくると、幾分《いくぶん》元気を取り戻し始めた。

新三と太十は、頃やよしと、

「この辺りにお知り合いがいたようで……。てことは、浪人におなりになって、旦那はまず本所、深川辺りに出てこられたのですかい？」

「きっと色んなことが、あったのでしょうねえ……？」

そんな風に問うてみた。

余計なことは一切訊かぬが信条ではあるが、既に三軒も廻ったのだ。

麻右衛門と接するにあたって、ある程度のことは知っておきたくなってきた。

ここまでは長い道のりというほどではないが、麻右衛門は到着の地では決って落胆の色をみせ、それが彼を随分疲弊させているように思われる。

少しでも事情を知っていれば、何かの話の折には、上手に相槌を打ち、励ましたり慰めたり、さりげなく気遣いをしてあげられるはずだ。

麻右衛門はにこやかに頷いて、

「左様、国を出て江戸へ来て、初めに落ち着いたのが深川でのう。だが、そこへ出るまでが、あれこれとあって、実におもしろかった……」

また、その〝あれこれ〟を語り出したが、とどのつまりは、道中のほら話に戻っていくのであった。

「熊吉を拾い、仙助を拾い、その上にもう一人、藤兵衛《とうべえ》という男を拾ってのう……」

麻右衛門はそこからしばし、僅かな酒で喉《のど》を湿らせ、新たな旅の物語の続きを語り出したのである。

六

大力の熊吉。

千里眼の仙助。

二人を供に従えての旅は快調であった。

熊吉も仙助も、己が得意とすることが、かえって世間では気味悪く思われ、根が善人であるだけに漂泊の憂き目を見た。

しかし、それが麻右衛門という主を得ると、人の見方ががらりと変わった。

麻右衛門は、風流を愛する男であったから、書画骨董を評する目が自ずと出来ていたし、森羅万象についての見解もおもしろい。

とり立てて勉強したわけではないのだが、

「ほう、これを見ておりますと、はるか昔の人の、胸の鼓動が聞こえてくるような気がいたしまする」

何気なく応える言葉の響きが実に心地よく相手に伝わる。

あくせくと宮仕えをする武士達を〝くだらぬ〟と思っていたが、父が納戸役を務めていたので、調度品の出納《すいとう》に携わる機会に恵まれた。宮仕えは面倒であっても、美しい物、名品と呼ばれる物に触れていると心が躍った。

父は芸術については無頓着《むとんちゃく》で、御用商人からいかに上手く付届けをせしめるかしか能のない男であった。

それで得た金が、麻右衛門の旅費になったのはありがたかったが、

「お前は骨董の目利きにでもなるのか?」

役儀に関心がなく、品物にばかり興をそそられていた息子を、父は、いつもそう言って叱責《しっせき》したものだ。

しかし、あらゆる風流が身についた麻右衛門は、行く先々で富農、富商の歓待を受けることになる。

そんな麻右衛門に仕える供の者が、信じ難い大力の持ち主であったり、暗闇でも物が見える目の持ち主であったりするわけであるから、

「このようなおもしろいお連れを、どこで見つけてきたのです?」

すべては麻右衛門のおもしろみとして捉えられ、野点《のだて》の席に招かれた折は、熊吉が亭主の好みのままに巨岩を動かし満足をさせた。

さらに、遠くからやって来る人の姿を仙助がことごとく言い当て、宴の席を盛り上げたりもした。

こうなると、麻右衛門、熊吉、仙助主従は、どこへ行っても好事家に遇され、路銀などは無用のものとなっていた。

「そうなると、亡き父が遺してくれた金は、ほぼ手つかずのまま懐に……。それでまず江戸へ入る前に、武州金沢《ぶしゅうかなざわ》で物見遊山をして、ゆっくりしようと、二人を連れて逗留をしていた時に、その藤兵衛と出会うたのじゃ」

三人は金沢の権現山《ごんげんやま》に、まだ暗いうちから登った。

何と言っても、仙助は夜目が利く。

山の頂きに登ったところで夜明けを迎えると、得も言われぬ風流を味わえるに違いないと考えたのだ。

ところがその道中に、

「旦那様、その繁みの向こうに誰かがおります……」

と、仙助が耳打ちした。

若い男で、怪しい者ではなさそうだと仙助は言う。

「どうしてそう思う？」

麻右衛門が問うと、

「まだ二十歳にもならない若い衆で、何やらぶるぶる震えているようです」

と、仙助は続けた。

これは何者かに追われて、ここで息を潜めているのではないかと思い、まず三人はそっと辺りを仙助に探らせ、怪しい者の姿がないのを確かめてから、

「そこで震えている若い衆。格子縞《こうしじま》の着物を着たそなたじゃ。我々は通りすがりの者で、怪しい者ではない。今ここで提灯を点《つ》けるゆえ、ここまで来るがよい。危ない目に遭うているのなら、助けてもやろう」

麻右衛門が声をかけた。

闇の中で、若者は目を丸くしていると、仙助が麻右衛門に耳打ちした。

「驚くのも無理はないが、ここには夜目が利くのが一人おってな。どれ、今あかしを点けるぞ」

麻右衛門はそのように声をかけ、提灯に火を点《とも》した。

すると、明かりをめがけて一人の若者が、おそるおそるやって来た。

「お助けください……」

そして、蚊《か》の鳴くような声で縋《すが》ってきたものだ。

「その若いのが、藤兵衛であったわけじゃ」

七

藤兵衛は、悪い奴らに追われていると言った。

というのは、まったく信じられないことであったが、彼はある特技があって、それを悪用されようとして、逃げて来たというのだ。

その特技とは、

「一目見ただけで、そこに書いていることをそっくり覚えられるというものなのじゃ」

新三と太十は話を聞いて、口をあんぐりと開いた。

熊吉と仙助のほら話も恐るべきものだが、これもまた度が過ぎる。

しかも、熊吉、仙助よりも、もしかしたらいるかもしれないと思える異才なので、尚さら首を傾げてしまうのだ。

藤兵衛は旅の行者の倅で、母は顔も知らぬ境遇に育ったと自らを語った。

その行者も、神奈川《かながわ》の宿で病に倒れ死んでしまった。

藤兵衛はまだ十二歳で、自立も出来ぬ身であるからと、町の漢籍《かんせき》を商う主人が引き取ると名乗り出た。

藤兵衛がいかにも聡明そうに見えたので、役に立つと思ったからだ。

しかしこの主人は非道な男で、藤兵衛をこき使い、何かというと叱りつけた。

藤兵衛も身寄りがないゆえに堪えたが、成長すると、主人への反発が生まれてきた。

いつしか店にある漢籍を、すべて暗記してしまっている自分の異常な能力に気付いたのだが、主人には言わずにおいた。

そんな能力を教えたら、気味悪がられるのがよいところだと考えて黙っていたのだが、ある時、店に書を求めてやって来る、儒学者に打ち明けてしまった。

すると、少ししてから主人が、海に落ちて亡くなり、藤兵衛は儒学者に引き取られた。

「そなたには学問の才がある。わたしの内弟子として励め」

と言うのだ。

自分をこき使った主よりも、店に来ていつもやさしい声をかけてくれた儒者に、藤兵衛は心を許し、内弟子にしてもらったことが誇りであった。

それから少しの間、藤兵衛にとっては楽しい日々が続いたのだが、儒者はある日、大工の棟梁《とうりょう》の家へ行くのに藤兵衛を同行させた。棟梁は学問好きで、儒者に出教授を頼んでいたのである。

この時、儒者は、

「今日見たことは、そっくり覚えて、後でわたしに伝えておくれ」

と、藤兵衛に言い添えた。

そこで儒者は、絵図面というのがどのようなものか、一目でよいので見せてもらえないかと棟梁に言った。

「ほんの少しだけなら、お見せいたしましょう……」

棟梁はそう言って、近く普請が行われることになっている商家のものを、見せてくれた。

儒者は普請の図面とはこういうものかと感心して辞去したが、家に帰ってから藤兵衛に、

「最前見た、絵図面を描いてみてくれ」

と、命じた。

藤兵衛は自分の能力が試されているのかと思って丁寧に描いてみせた。

儒者はそれまでも、藤兵衛の特殊な能力に感心していたが、

「やはりお前は大したものだ」

と、誉めてくれた。

しかし、藤兵衛はそれから不安を覚えた。

その絵図面を主はどうするつもりなのかと。

それで、儒者が外出をするのを、そっとつけてみると、儒者は出教授に行ったのではなく、数人の人相風体の怪しき男達と密談していた。

それで藤兵衛はわかった。

この儒者は、絵図面の商家に押し入って、盗みを働かんとする盗賊一味の一人であったのだ。

しかも連中は、ことを終える前に藤兵衛の口を封じるつもりであった。

「藤兵衛のあの芸当はこの先も使えるかもしれねえが、奴が怖《お》じけづいたらしくじりの因《もと》だからな……」

藤兵衛を近くに置くために、盗賊達は漢籍屋の主人を事故に見せかけて殺害したのである。

連中は目当ての商家へ押し込むために、何ヵ月も前から町に潜入していたらしい。

藤兵衛は恐ろしくなって逃げた。しかし、盗賊一味はそれに気付き追って来た。

そして追手を逃れて、何とかこの権現山に逃げ込み、闇の中に隠れたのだと言う。

「それならば、夜明けと共に奴らは来るであろうな」

追手は三人。藤兵衛は連中の顔は覚えていると言った。

麻右衛門はすぐに焚き火を消して、仙助の先導で闇の中、山をさらに登った。

そして一本道を登ったところで、夜明けを待った。

やがて夜が白み、仙助が下の方へ目を凝らすと、追手らしき男が三人遠くからやって来るのが見えた。

その特徴を仙助が藤兵衛に伝えると、追手の三人にぴたりと符合した。

「よし、それならば勝負じゃ」

麻右衛門は藤兵衛に策を授け、彼を一人残し、脇に隠れた。

藤兵衛は、やがて姿を現した追手三人に、一本道の上から大声で、

「やい！　この盗人め！　おれを捕えられるものなら捕えてみやがれ！」

と挑発して上へ逃げた。

「待ちやがれ！」

追手は細い道を一列になって登って来た。

そこに脇から大岩を抱えた熊吉が出て、上から下へと転がした。

「な、なんだ……！」

三人は岩をかわしきれず、これに踏み潰されるようになって、下へ転がり落ちて動けなくなった。

麻右衛門はすかさず三人を縛りつけ、役人に引き渡した。それによって、狙われていた商家は襲撃を免れ、藤兵衛は騙されていたということでお咎めなし。礼金も得たのであった。

藤兵衛は、熊吉と仙助を見て、同じ境遇の人がいたと感じ入り、

「わたしも、旦那のお供をさせてください」

と、願った。

麻右衛門は、また頼もしい家来が出来たと歓迎した。

犬、猿、雉《きじ》を従えた桃太郎《ももたろう》がいざ鬼ケ島《おにがしま》へ行く――。

絵草紙に出てくるかのような展開が、麻右衛門自身、恐ろしくもあった。

一行は悠々として江戸へ入った。

頼もしい家来に、懐は温かい。

麻右衛門はまず深川へ出て、骨董屋を開き、風流を求めながら暮らした。

自分の居所を得た、熊吉、仙助、藤兵衛は、喜々として店に勤めたので、麻右衛門は楽な暮らしを送ることが出来た。

藤兵衛は、恐るべき暗記力を備えているが、その分動作の鈍さが目立った。

しかしそれも、麻右衛門という何ごとも自由にさせてくれる主人の下で、さらなる数字を操る能力を身につけた。

そしてある日のこと。

旦那衆の物好きが集まり、定期的に行なわれていた花札での賭博《とばく》に麻右衛門が誘われた。

金持ちの旦那衆の道楽なのだが、参加している者は、千両二千両負けたとて、

「ははは、今日はついておりませんな」

と、笑いとばせるくらいの会合で、ここに誘われるのは名誉であるが、

「まず、麻右衛門殿には無理でしょうが」

と、値踏みされている一面もある。

田舎出の浪人が骨董を扱い、風流にいそしんでいる様子を見ると、からかわずにはいられない。

江戸ではありとあらゆる風流が味わえるが、中にはこういう無粋な金持ちもいる。

「行って笑い物にされるのはごめんだ……」

そういう誘いに乗らない麻右衛門に、

「わたしがお供をいたしますので、旦那様、会に出て金持ち連中の鼻を明かしてやりましょう」

藤兵衛は強く勧めた。

日頃は愚鈍なくらい大人しい藤兵衛が、珍しくむきになった物言いをするので、

「お前が傍にいてくれると、勝てるのかい？」

麻右衛門が問うと、

「きっと勝てます」

藤兵衛は言い切った。

会は百両持参しないと入場出来ない。

金を掻き集めると、百二十両あった。

父が貯め込んでいた金がそのまま残っていたのだが、

「こんなものは、どうせ悪銭だ。使い切ってやろう」

と、藤兵衛を供に出かけた。

「おや、これはようこそおいでなさいました」

札差《ふださし》に取り入っている骨董屋が世話役で、早くも百二十両くらいの金で勝負に来たのかと、嘲笑うように迎えたものだが、その日の主役は麻右衛門となった。

勝負は花札での〝カウ〟で行うのだが、藤兵衛は札をたちまち覚えてしまうので、所謂〝おいちょかぶ〟では、確率を瞬時に把握出来る麻右衛門が勝つことになる。

博奕場での進め方も、予め藤兵衛との間で合図を決めてあったので、麻右衛門は勝ち続け、この日だけで五千両を手にしたのである。

からかうために誘った麻右衛門に大敗し、金持ち連中は、この趣味の悪い招待を画策した者達を処分した。

二度と社交場に出られなくしたのである。

しかし麻右衛門はこの金を元手に、投資をしてさらなる財を成す。

数字に強い藤兵衛の言う通りにしておけば、財産は減ることがなかったのだ。

彼はそれによって、一回りするのに小半刻かかるほどの屋敷に住み、使い切れない金を得て暮らすことになる。

熊吉、仙助、藤兵衛も、その屋敷内に家を構え、皆一家を成して幸せに暮らしたのだ。

「まず、そのようなことがあって、わたしはありとあらゆる風流を求めて生きることがてきたのじゃがな。そのうち金の亡者共がいる江戸にも飽きた。真の風流は、何もないところにあるものだ……。わたしに付いてきてくれた者達も、この先暮らしに困ることもあるまい。この上は、また旅に出よう。そう思い立って、ある日こっそり屋敷を出てしもうたのじゃ」

麻右衛門は、大きな息をついた。

新三と太十は頷き合って、二人もまたこれに倣った。

よくもこれだけほらい話を並べられるものだ。

ある意味において感心したのだ。

だが話はおもしろい。読本にでもまとめれば売れるだろう。

いずれにせよ、麻右衛門との旅もそろそろ終りにせねばなるまい。

「風流を求めるというのは、むつかしいものなんですねえ」

新三は分別くさい顔をしてみせると、

「それから、熊吉さん達には会っていねえのですか？」

と訊ねた。

麻右衛門は小さく笑うと、

「風流を求めるのはむつかしい……。いや、わたしの勝手気儘に暮らしたいという気性こそが、むつかしいのじゃな……」

溜息交じりに言った。

「熊吉、仙助、藤兵衛……。三人共、何不自由なく暮らしていると、風の便りに聞いているゆえ、案ずることもあるまい。何かあれば三人力を合わせて、これからも切り抜けてゆくはず……」

「そのお屋敷は今もあるのでしょうか？」

太十が訊ねた。

「さて、主なき屋敷ゆえ、今はどうなのであろう」

麻右衛門は以前、

「わたしが死んだら、こんな屋敷は売り払い、皆で金を分けて、それぞれ自儘《じまま》に暮らしておくれ」

と、言っていた。

三十年たった今、屋敷など残っているとも思えないし、戦友ともいえる三人を捨てるように旅へ出た自分が、あの屋敷に戻れるはずもないと、麻右衛門は言う。

新三と太十は沈黙した。

いつしか、麻右衛門の話に聞き入り、異能者の三人の家来、大きな屋敷を持つまでの冒険譚……。それらを真剣に聞いていた自分達が滑稽《こっけい》に思えてきたのだ。

大きな屋敷はどうなっているか——。

そもそもそんな屋敷などなかろう。

あれば真っ先にそこへ駕籠をやり、垂れを下ろしたまま、そっと見ようとしたはずではないか。

自分達がまともに聞くゆえ、麻右衛門もほら話を続けねばならず、かえって疲れさせたのかもしれない。

二人はそんな反省をさせられたのである。

日はゆっくりと傾き始めている。

早く切り上げて、今日のところは家に戻りましょう。

そろそろ切り出そうと思った時。

「新殿、太ァ殿、もう一度だけ、わたしを連れて行ってくれぬかな。これが最後じゃ。酒手が足りぬなら、何としても工面《くめん》しよう。頼みます……」

麻右衛門は祈るように言った。

八

「ヤッサ」

「コリャサ」

おかしな道行になってしまったと、新三と太十は自分達の物好きさ、人のよさを笑いながら、尚も駕籠を舁いた。

居酒屋で少しばかり鯨と茄子を口にして、なめるように酒を飲んだ麻右衛門は、幾分血色がよくなったように見えた。

しかし、明らかに疲れているのがわかる。

「また、明日にでも改めたらどうです？」

「酒手のことなら気にせずともようございますから」

新三と太十はそう言ったが、

「いや、どうしても今日のうちに廻っておきたいのじゃよ」

麻右衛門は強い意思を見せた。

このまま歩いてでも行くと言われたら、それも心配である。

　こうなればとことん付合うしか道はなかろう。一日をほら吹き道中にかけるのも、よい思い出となろう。

　客を元気付け、景気よく走り、今日一日を楽しい思いで締め括る。それが駕籠屋の使命だと、二人は身を入れた。

　最後の行き先は、向島《むこうじま》の手前、小梅瓦町《こうめかわらまち》であった。

　出村町からはほど近いが、この辺りは料理屋や好き者の寮などが建つ、風光明媚《ふうこうめいび》な地となる。

　麻右衛門を疲れさせてはいけないと思い、二人は力強く尚かつ慎重に駕籠を舁いた。

　陽は陰ってきたが、夏のことである。夜になるにはまだ間があると思っていると、空は雨雲に覆われてきて、たちまち暗くなってきた。

　麻右衛門が、何が何でも今日中に思い出の地を廻ろうとしたのは、どういう理由なのであろうか。

　江戸に戻ってきて、ひとまず薬研堀辺りの長屋に落ち着いたようだ。じっくりとそこを根城に風流を求めて暮らせばよい。何も急ぐ必要はないはずだ。

　それを焦って方々巡るのは、もう何度も訪ねる体力が残っていないと悟ったからかもしれない。

そう考えると、ますます駕籠は乗り心地よくしてあげねばなるまい。

新三と太十はそのように気遣いつつ、駕籠を進めた。

八名川町、猿江町、出村町……。

これまで訪ねたところには、どんな思い出があったのか。

それについては語ろうとしなかったゆえに、新三と太十は一切訊かなかった。

その心得が、麻右衛門の二人への信用を高めたのであろう。

居酒屋〝よこかわ〟を出る時、

「何も訊かずにいてくれて、忝《かたじけな》い……。真に心地のよい一日であった……」

麻右衛門は、しみじみとした口調で二人に礼を言ってから駕籠に乗り込んだ。

自分の胸の内だけで、別れを告げたかった土地が前述の三ヵ所なのであろうか。

熊吉、仙助、藤兵衛が、今はそこに暮らしていると聞いて、麻右衛門は廻ってみようと思ったのかもしれない。

一人一人の列伝は、多分にほら話に違いなかろうが、熊吉、仙助、藤兵衛なる家来は実際にいて、麻右衛門を支えてくれたのかもしれない。

もうひとつの謎は、麻右衛門に妻子がいたかどうかであった。

彼の話には、三人の家来しか出てこないが、その後、麻右衛門は、ずっと独り身のままであったのか。

話を聞いていると、風流を求め自由気儘に生きたそうだから、気心の知れた家来と共に暮らしたと思えてくる。

だが、江戸へ出て来て幸せな暮らしを送ったものの、再び漂泊し今に至るとしたら、妻子がいたとて上手く付合ってこられたとも思えない。

何よりも訊かれたくないことかもしれないので、これだけは問えなかったのである。

駕籠は横川沿いに進み、たちまち小梅瓦町界隈に着いたが、麻右衛門は何も言わない。

「旦那、そろそろ着きますが、どういたしましょう」

新三が声をかけたが、中からの返答がない。

いよいよ疲れて眠ってしまったか――。

新三と太十の駕籠は乗り心地がよく、客が眠ってしまうのが自慢である。

だが、道を確かめねば夜になってしまう。

「太十、その畑の横に一旦止めようか」

「そうだな。小さな地蔵堂の横がいいだろう」

起こすのは心苦しいが、ひとまず脇へ止めて、様子を見ようと、そこまで駕籠を進めたのだが、その手前で「帰ったよ……」という幽《かす》かな声を聞いたような気がした。

それが、二人にとって、かつて経験したことのない、大変な道中の始まりとなった。

ほら話に付合わされたとはいえ、麻右衛門は自分達に気遣いを見せてくれたし、既に見合うだけの駕籠賃も預かっている。

これはこれで、〝駕籠留〟に帰った時に、親方の留五郎、お龍、お鷹姉妹への好い土産話になると割り切っていた。

決して悪い仕事ではなかったのだ。

しかし、こんな事態を想像出来たであろうか。

「旦那……」

太十が垂れを上げて、麻右衛門に声をかけると、果して彼は眠っていた。

ところが、やさしく揺すっても彼の目が再び開くことはなかったのである。

「新三……」

胆の据わった太十も、この時ばかりはうろたえて新三を見た。

「まさか……」

新三は武芸の習得と共に、一通りの医術を学んでいた。それは太十も同じで、脈をとると止まっている。息をしていない。心の臓の鼓動が消えている……。

「こいつはいけねえ……。旦那……！」

蘇生《そせい》を試みたが、麻右衛門は死んでいた。

二人は途方に暮れた。

ここからなら、二人がよく知る医師・福原一斎の家は遠くないが、麻右衛門は明らかに亡くなっている。

骸《むくろ》を運び込んだとて迷惑になるだけだ。

「う～ん……」

二人は唸ってしまった。駕籠屋になって初めて迎えた危機である。

どこかの番屋を探し、事情を言って預かってもらうべきなのか――。

薬研堀で長屋のお喋り女房に呼び止められ、麻右衛門を乗せることになったが、彼女は用があって出たところ、同じ長屋の住人である麻右衛門とばったり会ったと言っていた。

となれば、さほど遠くに住んでいるわけではないにしろ、麻右衛門は薬研堀に住んでいたわけでもなかろう。

あの折にしっかり訊いて確かめておけばよかった。何となく訊き辛く、そのままになってしまっていたことを二人は悔やんだ。

考えてみれば、今日の流れは小梅瓦町の目当ての地へ麻右衛門を連れて行き、最後は今住んでいる長屋へ送り届ける行程となったはずだ。

そうなると、まず薬研堀へ戻り、そこから麻右衛門の住んでいた長屋を探すべきではないだろうか。

「なにはともあれ、人形町に戻って親方に助けてもらうしかないな」

重いからといって、この辺りで捨てていくわけにはいかないと新三は言った。

「そうだな……。だがなあ新三、最後に旦那はどこへ行くつもりだったのかなあ」

太十は目を潤ませながら応えた。

「うむ。おれも今それを考えていたよ」

〝よこかわ〟で、最後に麻右衛門が語った〝藤兵衛の話〟は、熊吉、仙助のそれより随分と長かった。

麻右衛門はほら話を語りつつ、次の場に行くかどうかを思案していたのではなかったか。

そして本当は、何よりもそこへ行きたかったような気がするのだ。初めから行けばよいものを、その決心がつかず、他の思い出の地に行きつつ、自分自身の気持ちを確かめた。

人にはそういう引っ込み思案な一面がある。

それが麻右衛門の考える風流のひとつであり、どこか憎めない彼の人のよさを形成しているのではないだろうか。

彼はきっと、自分の寿命が尽きるのを察していたのに違いない。不治の病を抱えていたのかもしれない。

それゆえ、今日一日で方々巡りたかったのだ。

「新三、ひとまず人形町に帰るとして、その前に、この辺りを一回りして、旦那に見せてあげようじゃないか」

太十がしんみりとした顔で言った。

「太十、お前、好いことを言ってくれたな。うむ、そうしよう」

死者に景色を見せてやる。

そういう駕籠舁きがいたっていいだろう。

「旦那、そんなら参りますよ……」

新三は泣き声で麻右衛門の亡骸《なきがら》に声をかけた。

「ヤッサ」

「コリャサ」

辺りはすっかり暮れていた。

涙でかすむ視界はさらに悪かったが、新三と太十は、客が死んでしまったという、この非常事態を、とにかく駕籠を舁くことで乗り切らんとした。

まず何よりも、自分達の心を落ち着けねばならなかったのだ。

すると、源森川《げんもりかわ》にぶつかる道を少し越えたところに、広大な屋敷が見えてきた。

屋根付きの白い塀がどこまでも続いていて、立派な見越しの松が覗いていた。一回りすると小半刻とまではいかないが、なかなかに暇がかかりそうな屋敷であった。

大名の下屋敷かと思ったがそうでもなさそうだ。

深川の材木商の別邸か、蔵前の札差の隠居屋敷か。いずれにせよ長者の家だ。

新三と太十は、麻右衛門のほら話が懐かしかった。

「旦那はこんなお屋敷に住んでいたんですねえ」

「熊吉さん達の家も中に建っていたってねえ」

「旦那、一回りさせていただきますよ」

「門はどちらにあるんです？」

泣きそうになるのを明るい物言いでごまかすと、広大な屋敷を一周せんと、軽快に駆けた。

すると、次の角を曲がったところで先棒の新三が感極まって、

「ちょいとごめんくださいまし……」

一度駕籠を止めて、懐から麻の葉柄の手拭いを取り出し、目の涙を拭った。

太十もこれに倣って、小桜柄の手拭いで目を拭った。

「お待たせいたしました。太十……」

「おう！」

二人は再び駕籠を舁いて、

「ヤッサ」

「コリャサ」

と進めると、はるか前方に門口のようなものが見え、そこに人影が四つの点のごとくあるのがわかった。

さらに進むと、五十絡みの男が三人、同じく気品のある武家風の婦人に寄り添い立っているのが明らかになった。

四人共に立派な身形《みなり》をしていたが、食い入るようにこちらを眺めているのが不気味であった。

「もし、駕籠の衆……」

その中の、ひょろりと背の高い男が前へと進み出て駕籠を止めると、

「今、二人で何やら涙を拭っておいででしたが、何かありましたかな」

いきなり声をかけてきた。

「涙を拭っていた……？」

新三は首を傾げた。

「随分向こうのことでしたが……」

太十も目を丸くした。

「はい。先棒のあなたは麻の葉柄の手拭いで、後棒のあなたは、小桜柄の手拭いで」

新三と太十は、あっと驚いて、

「そういう旦那は、ひょっとして……」

「仙助さんですか……！」

その途端、男女四人は歓喜の声をあげて、

「旦那様が……」

「旦那様がお戻りになられた！」

「御新造様が申された通りだ……」

男三人が叫べば、

「やはり本当だったのですね……」

婦人は目頭を押さえた。

そして、新三と太十はその場に座り込んでしまった。

「ほら話じゃあなかったんだ……」

「どうしてこんなことに……」

地面を叩いて涙にくれたのであった。

九

婦人は菊江《きくえ》と名乗った。

彼女は麻右衛門の妻であった。

先ほど屋敷の内にいて、

「帰ったよ」

という夫の声を聞いて、思わず外へとび出したところ、付いてきた仙助が得意の視力で、やって来る駕籠を見つけたのだ。

新三と太十は、確かに〝帰ったよ〟という声を聞いていた。

だが、どう考えてもその時に麻右衛門は息を引き取っていたのだと思う。

そんなこともあるのだ――。

呆然《ぼうぜん》とする二人は、しばらく立ち上がれなかった。

麻右衛門が亡骸となって帰って来たことに気付いた四人の嘆きも激しかったが、四人の内の一人が、ひょいと駕籠を片手に持ち上げて屋敷の中へと入れてくれた。

それが熊吉であるのは言うまでもない。

新三と太十の話を聞いて、

「それならば六十町の道のりでしたねえ。ご苦労さまでした……」

即座に距離を割出した男は、藤兵衛と言った。

新三と太十は屋敷の広間に通されて、菊江と、彼女に寄り添う熊吉、仙助、藤兵衛の三人を前にして胸が熱くなった。

麻右衛門が語った異能の三人がここに揃って住んでいたとは、夢にも思わなかった。

しかし、話を聞いていただけに、実在していた三人が、すんなりと二人の心の中に入っていたのだ。

新三と太十は興奮した。

麻右衛門が語ってくれた昔話をすると、熊吉、仙助、藤兵衛は口を揃えて、

「そこまで大したもんじゃあありませんよ」

と、はにかんだが、麻右衛門が話したほら話は、大筋のところは正しかった。

麻右衛門が、その後の三人のことをどこまで知っていたかはわからないが、この三人は未だにここで菊江に仕えて長者の奉公人として幸せに過ごしていたのだ。

「旦那様がそんなことを……」

三人は麻右衛門が新三と太十にした話を懐かしそうに聞き、一様に涙にくれた。

麻右衛門がひとつだけついた大きな嘘は、江戸に来るまでの道中に、実は菊江がいたことだ。

麻右衛門は、九州豊前《きゅうしゅうぶぜん》の大名家に仕えていた。

納戸役の父は、御家が無嗣断絶となった後、すぐに亡くなり、麻右衛門はその遺産を手に江戸を目指したのだが、この時既に菊江を妻に迎えていた。

彼は風流の道を好み、そこに浸って暮らせたら幸せだと、口癖のように言ってい

た。

そしてその旅は夫婦連れであったのだ。

二人は道中、熊吉、仙助、藤兵衛を供に加えた。

三人は麻右衛門、菊江夫婦に仕えたのであった。

そこで色んな好運に恵まれ、麻右衛門は江戸で財を成し、菊江と幸せに暮らしたのだが、彼は三十年前に突如屋敷を出て、行方知れずとなった。

「やはり、ただ一人でないと風流の道には生きられないと思われたのですかねえ……」

老境に入った菊江は、今も尚美しい。若い頃はさぞや美人で評判をとったことと思われる。

江戸へ来るまでの道中、苦楽を共にし、出会ったことによって特技を開花させ、仲よく寄り添いあった三人の家来。

財を成した後は、ただ幸せを嚙み締めて暮らせばよかろう。

風流を求めるのに、何もかも捨てて一人で出て行くこともあるまいに。

「あっしには、まったくわからねえ境地でございます」

三十年ぶりに戻った日がそのまま通夜の席となった麻右衛門の亡骸を見ながら、新三は首を傾げるばかりであった。

「もうこれから先は、御新造さんも、皆さんも、暮らしに困ることはないから、気儘を許してくれということなのでしょうかねえ……」

太十は神妙に、新三の言葉に相槌を打ったものだ。

「いえ、この人は、やさし過ぎたのでございます」

菊江は大きな溜息をついた。

やさし過ぎた――。

新三と太十は、またわからなくなってきて菊江を見つめた。

「この人はねえ……」

菊江はふっと笑って、

「新三さんと太十さんには、すべてを打ち明けましょう。この人は、三十年前、女と逃げたのですよ」

新三と太十は、意外な言葉に驚いた。

「まったく頭にくる人ですよ……」

江戸で長者となり、仲睦《なかむつま》じく暮らしていた麻右衛門と菊江であったが、ある日突然、麻右衛門は姿を消した。

「五十両だけもらってわたしは旅に出る。この屋敷を出ねばならぬことが起こったのだ。どうぞ捜さずに、この先はそれぞれが、自儘に生きてもらいたい。わたしは死んだのだ。勝手を許してくれ」

という内容の書き置きを残して。

菊江は呆然とした。

そしてすぐに麻右衛門の身に何があったのか調べた。

菊江はそもそもしっかりとした女房であった。旅で出会った熊吉、仙助、藤兵衛にやさしく接し供にしたのは麻右衛門であったが、上手に才を引き出し使いこなしたのは菊江であった。

てきぱきと人を遣って調べると、麻右衛門は一人の女と会っていたという。

その名を聞いて、菊江は事情がわかった。

女は奈緒《なお》という浪人学者の娘であった。

学者は、九州から江戸へ出て来た国学者で、田辺遠斎《たなべえんさい》。麻右衛門が若き日に学んだ師であった。

若き日に、麻右衛門は師の娘である奈緒と恋に落ちた。

しかし、親の反対を受け、泣く泣く別れてしまったのだ。

納戸役で実力者であった父は、目付役の娘であった菊江との婚儀を進めていた。裏金作りに余念がなかった父は、目付役を身内にして罪が及ばぬようにと画策したのであろう。

菊江は、心やさしく、どこか浮世離れをした麻右衛門に惹《ひ》かれていて、彼との婚約を喜んだ。

しかし、奈緒とのことを知り、自分の存在が二人の恋を終らせてしまったと、麻右衛門の妻になった折は心苦しい想いもした。

麻右衛門は、そんな妻に対してどこまでもやさしかった。

「お前にそのような想いをさせて申し訳なく思うている。結ばれるはずもないとわかりつつ、懸想《けそう》するとは武士にあるまじきことじゃ。とどのつまり、菊江を苦しめたとは己が不徳のいたすところじゃ」

彼はそのように妻に詫び、

「この後は、お前をひたすら大事にいたすゆえにな……」

などと慈しんでくれた。

そして御家断絶の憂き目を見た折は、

「江戸へ参ろう」

と言ってくれた。

かねてから風流を求めて旅をしたいと言っていた麻右衛門だが、いっそ遠くへ行った方が、奈緒との思い出もきれいに断ち切れると考えたのだ。

そうして江戸に出て富を成した夫婦であった。

しかし、麻右衛門は奈緒が父・遠斎と江戸に来ていることをやがて知った。

何も告げずに江戸へ出た麻右衛門である。

奈緒もまさか、麻右衛門が江戸で長者になっているとは思いもかけなかったであろう。

ところが、麻右衛門は遠斎と死別した奈緒が、不治の病に冒されていると知った。

話を聞けば、身寄りもなく暮らしが困窮しているという。

麻右衛門は放っておけなかった。

身が立つように、そっと面倒を見るうちに、奈緒が亡くなるまでは自分が傍にいてやろうと思い立ったようだ。

奈緒が身寄りがないというのも、自分との悲恋を乗り越えられず、婚期を逃したからに違いない。

菊江には頼りになる家来達がいるし、大身代《おおしんだい》がある。

自分はせめて奈緒を看取《みと》ってやろう。

麻右衛門はそう思って、五十両だけを手にして、奈緒を連れて旅に出たのだ。

――いつか帰ってくるだろう。

菊江は、麻右衛門の思うがままにさせておいた。

熊吉、仙助、藤兵衛は、菊江から離れず、それぞれが妻子を得て、この屋敷で共に過ごした。

そのお蔭で、菊江は日々の寂しさ、空しさをまぎらすことが出来たのである。

しかし、麻右衛門は帰ってこなかった。

本当は帰りたかったのに違いない。

それでも彼は、菊江の許を離れ、かつての想い人へと走った自分自身が許せなかったのであろう。

「奈緒さんの死を看取った後は、〝帰ったよ〟と言って、門を潜ればよかったのです。わたしは許してあげるつもりでいたのに、もっと早く帰ればよかったのです……」

菊江は嘆息しつつ、麻右衛門の亡骸を見つめた。

「駕籠は確か、八名川町、猿江町、出村町の順に来たのですね」

「へい、方々に思い出深い場所があったようで……」

「ところが、どこもかしこもすっかり様変わりしているので、がっかりとなさっていました」

新三と太十は、その時の様子をこと細かに伝え、合間に話してもらった、熊吉、仙助、藤兵衛の逸話を回想した。

三人は口を揃えて、

「それは話を盛り過ぎですよ、旦那様……」

と、亡骸に話しかけたが、皆一様に満更《まんざら》でもない様子であった。

似たようなことは実際にあったらしい。

だが菊江を含めて、一同が懐かしがったのは、八名川町、猿江町、出村町の名前であった。

麻右衛門達が江戸に出て来て初めて住まいを構えたのが八名川町で、そこから猿江町、出村町へと転居したのだと言う。

「家移りをする度に家も大きくなっていきました。今思えば、ここへ来るまでが、何よりも楽しい日々でした」

菊江の目に涙が浮かんできた。

三十年ぶりの麻右衛門の帰還が夢のように思われて、なかなか感傷が湧いてこなかったのだが、そんな話をするうちに、息あるうちに帰ってこられなかった夫への不憫《ふびん》が胸を締めつけたのだ。

「あなたはまったく頭にくる人ですよ……」

菊江は麻右衛門を詰った。

「黙っていなくなるなんて……。昔好きだった女《ひと》と旅に出るなんて……。何よりも頭にくるのは、腹が立っても何だか憎めない、あなたのそのおかしな人柄です……。もう何年も一人で旅をしていたのでしょう？　どうして早く帰ってこなかったのです。わたしに合わせる顔がないと、あなたは帰るに帰られず、余命いくばくもないと悟って、思案に思案を重ねて帰ってきたのですね。わたしには確かに聞こえましたよ。あなたが〝帰ったよ〟と言ったのが……」

その後は言葉にならなかった。

「はい。確かにあっし達は、旦那が〝帰ったぞ〟と仰るのを聞きました。なあ、太十……」

「へい。確かにこの耳で聞きました」

新三と太十は菊江に告げると、

「旦那、よろしゅうございましたねえ。迷っておいででしたが、こちらへ旦那をお連れすることができて、あっしらも嬉しゅうございました」

「旦那、これでようございますか……」

不思議な縁でここまで共に辿り着いた、忘れえぬ客に深々と頭を下げたのだ。

十

新三と太十は屋敷を辞した。

すっかり夜となってしまった。駕籠屋には当方から遣いをやるので、今日は屋敷に泊まっていってくれと言われたが、二人は丁重に断って帰路についた。

あまりにも不思議で、意外な結末を迎えた今日の仕事であった。

駕籠を舁いていると、こういうおもしろい体験が出来るのだと、二人は興奮を覚えていた。

「太十、こんなことってあるんだなあ」

「ああ、おれは今でも夢を見ているような気がするよ」

「夢か。そうだな、まったくだ……」

「だが、後の始末が無事についてよかったよ」

亡骸を引き渡すことが出来たのは、二人にとって何よりであった。

ほっと一息つくと、今日一日の出来事が、ますます夢のように思えてくる。

ただのほら話と思っていたら、果してそれは本当のことで、やさし過ぎる男の葛藤と、別れた妻への贖罪《しょくざい》に生きる彼の悲しい人生の終焉《しゅうえん》をまのあたりにした。

「まず、好い仕事だったな」

「ああ、好い仕事だったよ」

新三は麻右衛門から預かった財布をそっくりそのまま菊江に返した。

その上で、二人には菊江から、迷惑料だと三両ずつの礼が渡された。

それほどの距離を走ったわけでもなかった。

誰も信じてはくれないような不思議な体験も出来た。

何よりも今は、空駕籠を舁いて帰られることがありがたかった。

あのまま屋敷にいたら、いつまでたっても外へ出られないのではないかという恐怖に襲われていたからだ。

「もう小梅瓦町へは行きたくないな」

「新三の言う通りだ」

次に行ってみれば、あの広大な屋敷が忽然《こつぜん》と消えている。何やらそんな気がするのだ。

「ちょうだいした金だが、人形町に帰ってみれば、木の葉っぱに変わっているかもしれねえぞ」

「ああ、おれもそんな気がしてならねえや」

なま暖かい風が吹いてきて、二人はぞくっと肩を震わせた。

「だが太十、やさしい旦那だったな」

「ああ、好い人だった。だから昔惚れ合った女を放っておけなかったんだろうな」

しばし二人は麻右衛門を偲《しの》びつつ夜道を進んだが、やがて何もかも振り払うように、

「ヤッサ」

「コリャサ」

と、威勢よく駆け出した。

三　雨やどり

一

雨は降ったり止んだりを繰り返していた。

そろそろ梅雨も明ける頃だ。

駕籠舁きである、新三と太十にとっては早い梅雨明けが望まれる。

雨が降れば道はぬかるみ足をとられる。視界はかすむ。夏とはいえ体は冷えるし、〝駕籠留〟からは小ぶりの笠と、雨合羽《あまがっぱ》も支給されるが、そんなものを身に着けていては走り辛い。

乗り心地がよく、かつ調子がよいのが二人の身上であるからだ。

とはいえ、一雨きて帰るに帰れなくなっている人を乗せて、

「いやいや、駕籠屋さん、お蔭で濡れずに助かりましたよ」

などとありがたがられると、嬉しくなってくる。

どしゃ降りの雨は困るが、ぱらつく程度の小雨は、それはそれで風情があってよい

ものだと、二人は思うようにしている。

この日は正にそんな日で、時折ちらつく小雨に火照《ほて》った体を冷やしつつ、新三と太十は町を流し、何人もの客を乗せた後、日暮れて人形町の〝駕籠留〟に戻った。

その道中、箱崎川《はこざきがわ》に架かる永久橋《えいきゅうばし》を渡るところで、先棒の新三は後棒の太十の足取りが乱れたように思えた。

いつも息ぴったりに駕籠を舁いている二人であるから、新三にはすぐわかるのだ。

「太十、どうかしたかい？」

ちらりと首を後ろに向けて問うてみた。

「いや、ちょいと脇見をしただけだ」

太十はにこやかに応えた。

何かに見惚れていたのであろうか。

いつも冷静で、何ごとにもゆったりと構えている太十にしては珍しいと思いつつ、新三は別段気に留めることもなく、

「何やらまた一雨きそうだぜ、早く帰るとするか」

と、少し足を早めた。

「合点だ」

太十はこれにぴたりと調子を合わせた。

そこから人形町までは目と鼻の先である。

たちまち〝駕籠留〟に戻ると、

「ご苦労さまだったねえ」

「ちょいと一杯やっていくかい？」

お龍とお鷹が威勢よく声をかけてくれた。

親方の留五郎が酒の相手を探していたところであったらしいが、

「体が濡れちまったので、ひとまず長屋に帰るとしよう」

太十はそう言うと、そそくさと裏の長屋へ帰ってしまった。

「へへへ、太十はきれえ好きなんでね……」

新三は、何ごとに対しても自分よりはるかに几帳面《きちようめん》な太十を、少しからかうように称えると、

「せっかくだから、一杯だけいただくよ」

二人共帰ってしまうのも愛想がないので、新三は半纏《はんてん》を脱いで手拭いで体を拭うと、座敷の上がり框《がまち》に腰をかけて冷や酒に与った。そうして、奥から出てきた留五郎に今日の報告をしたものだ。

とりたてて変わったことはなかったが、新三が客の様子を話すと、えも言われぬおかしみがあってよい。

一杯だけのつもりが二杯となったが、太十が戻ってくる様子もないので、

「あっしも今日は何だか疲れちまいましたので、長屋へ帰るといたします」

そう言って切り上げると長屋へ戻った。

「そうかい。そんならまた明日も頼んだよ」

留五郎は少し寂しそうな顔をしたが、日々のことなので、引き留めもしない。

駕籠舁きは新三と太十に限らず、皆が身内と思っているが、あまり暮らしには立ち入らぬようにしているのだ。

新三と太十が暮らす長屋は、〝駕籠留〟の裏手に建つ棟割長屋《むねわりながや》である。

二間間口だが、八畳間の向こうに四畳の間があり、裏店にしてはこざっぱりしている。

二人は隣同士に部屋を借りて住んでいて、何かというと互いの部屋を行き来して、あれこれ仕事のことなど相談するが、長屋にいる間は相手の暮らしについては干渉しないようにしていた。

駕籠を舁いている間はいつも一緒にいるし、これまでの人生において、絶えず二人

は寄り添ってきたのだ。

「いい大人が、いつもいつも御神酒徳利《おみきどっくり》ってえのも気味が悪いぜ」

「新三の言う通りだ。いい加減に飽きてきたよ」

と割り切っている。

太十はまめに炊飯をして夕餉《ゆうげ》をとり、新三はふらりと一人で近くの居酒屋で食事をすますこともよくあるのだ。

「おや、太十の奴、いねえようだな」

それでも、新三の家は路地の奥に位置するので、長屋を出入りする折は、必ず太十の家の前を通るゆえ、中に太十の影がないと気にかかる。

濡れた体を拭いて、一息ついていると思いきや、そのますぐにどこかへ出かけたのであろうか。

大らかでこせこせと動かない太十であるから、急な用事が出来たと思われる。

新三は留五郎の酒に付合ってから帰ったとはいえ、〝駕籠留〟には小半刻もいなかったはずであった。

その間に姿を消したというのはどうも解せない。

永久橋のあたりで、太十の足取りに乱れを覚えたのが、こうなると気になってくる。

――ふふ、まるで女房子供だな。

新三はふっと笑った。

自分以上に武芸を身に備えた太十である。

おまけに自分よりはるかに穏やかで、何に対しても慎重だ。

何を心配することがあるだろうか。

長く一緒にいると、相棒の動きがわかっていないと不安になるのは困ったことだ。

いつか太十が女房子供を持つようになった時、これでは自分は〝邪魔な小父《おじ》さん〟になってしまうだろう。

そうなれば、自分も女房子供を持って、今度は一家で付合えばどうであろう。

不思議とそんなことを考えてしまう、今宵《こよい》の新三であった。

――そんな日が、いつかくればよいが。

仇と狙う兵頭崇右衛門、河原大蔵の行方はまったく摑めていない。

本懐を果すまでは、自分達が所帯を持つこともないと、二人は暗黙のうちに誓い合っていたが、仇に巡り合えるなど、広い江戸にあっては奇跡である。

どこかで諦めねばならない日が来るかもしれない。

その時に、二人は共に白髪頭の老人になっていたとすれば、それもまた情けない話ではないか。

──まあそれでも、子供の頃に野垂れ死んでいたっておかしくはないおれと太十だ。

欲が出てくるのは、今の自分達が幸せゆえだと、新三は思い直した。

「おっと、また降ってきやがった。太十の奴、傘は持って出たのかねえ……。はは は、そんなことはどうでもいいか」

新三は自分の家に戻ると、傘を手に近くの居酒屋へ飯を食べに出た。

そこは、太十と二人でよく行く店であるから、

──そのうち顔を出すだろうよ。

また太十に想いを馳《は》せてしまうのであった。

二

その頃、太十は永久橋の袂《たもと》にいた。

新三が太十の異変に気付いたのは、実に当を得ていた。

先ほど〝駕籠留〟への帰り道。

太十は永久橋で気になる女を見かけたのである。

その女は、やや北寄りの橋の上で立ち止まり、ぼんやりと川面を見つめていた。

年の頃は二十歳前であろうか。商家の女中のような風情であった。女笠を被っていたので、表情まではよくわからなかったが、細面《ほそおもて》の顔には何やら憂《うれ》いが浮かんでいるように太十には思えたのである。

いちいちそんなことを気にかけていたら、駕籠舁きはしょっちゅう立ち止まらないといけなくなるのだが、

「もしやあの女は、身を投げようかと思案しているのではなかろうか」

そんな想いに囚われたのだ。

〝駕籠留〟に着く頃には忘れていると思ったが、なかなかあの女の姿が脳裏に焼きついて離れない。

――後で女の身投げを知ったら、後生が悪いではないか。

太十は永久橋に戻らねばいられなくなったのである。

それでも、その理由を新三に語るのも気が引けた。

「太十、お前は相変わらずお人よしだなあ」

呆れつつも、新三という男は、

「よし、おれも付合うぜ」

とどのつまりはそう言って自分についてくるのはわかりきっている。

自分の胸騒ぎを確かめるために、こんな雨の日に、わざわざ相棒を付合わせるのもいかがなものかと考えたのであった。

そうして、長屋にまず戻りたいと言って、そのまま彼は永久橋へと駆けた。

すると、先ほど見かけた女は、まだ橋の上にいて、川面を眺めていた。

太十はますます気になったが、あれからの間に、女の身に何も起こらなかったのは幸いであった。

橋には人気がなかった。

永久橋は、南に稲荷社、北側には大名家の下屋敷があるが、日が暮れてからは通行人もめっきり減ってくる。

人通りが多いと、さして気にもならないが、こうして見ると、女の様子がますますおかしく映った。

あれからの間、橋の上にいてただ川面を見つめているなどありえない。

太十の胸騒ぎは、現実のものとなっていた。

それで、そっと袂から様子を窺い、おかしな真似をすれば、すぐに駆けつけて、身投げを止めてやろうと、彼は橋の上を注視した。

すると、女は何かにとり憑《つ》かれたように、橋の欄干《らんかん》によじ登らんとし始めるではないか。

太十がそこへ駆けつけたのは言うまでもない。

再び降り始めた雨が、太十の全身をしとどに濡らしていた。

幸い女の動きは鈍く、太十はすぐに女の体を、しっかりと両手で捉えることが出来た。

「あ……」

女は放心したように体の力を抜いた。

飛び下りんとした時は、魔に魅入られたがごとき心地であったのだろう。

「馬鹿な真似はやめろ……！」

太十は低い声で言った。

「わたしは……、わたしは死なねばならないのです……」

女は消え入るような声で嘆くと、再び川面を見つめたが、最早《もはや》、太十に抗う力はなく、がっくりと彼の体に寄りかかった。

「何があったかは知らねえが、死ななきゃあならねえかどうかは、お天道様《てんとさま》がお決めになるものだよ。まず落ち着いて、もう一度じっくり考えてみることだな」

太十は女を諭すと、ゆっくりと彼女の体を元に戻した。

「わたしは……、わたしは……」

女は泣きじゃくった。

女に泣かれると男は困る。

傍らを通行人が通らなかったのが幸いであった。

「とにかく落ち着こう。おれは太十というものだ。〝駕籠留〟という駕籠屋の駕籠舁きだ。この辺りの人には、それなりに顔を覚えてもらっている。怪しい者じゃあないから安心してくんな」

太十は、吶々《とつとつ》と語った。

気はやさしくて力持ち。

それを絵に描いたような太十が話すと、女の気持ちは和らいだ。

「とにかく雨やどりをしなせえ。おれの家は人形町にあるからもう少しの辛抱だ。隣りには相棒が住んでいて、これがまた好い奴なんだ。さあ、おれについて来なせえ」

太十は、女の体を支えながらゆったりとした足取りで橋を北へと渡ったのである。

三

「何だ、太十の奴、戻っているじゃあねえか……」

新三は咥《くわ》えた楊枝《ようじ》をくるくると回しながら、少し顔をしかめてみせた。

長屋の太十の家から、行灯《あんどん》の明かりが漏れている。

あれから近くの行きつけの居酒屋に出かけた新三であった。

そのうちに太十が縄暖簾を潜って、

「新三、やはりここにいたのか」

と入ってくるのではないか。

そう思ったものの、一向にその気配がない。新三は拍子抜けして、すぐに汁と香の物で飯を食べて帰ってきたところであった。

「太十……」

外から声をかけようとして、新三はいつしか、長屋の住人達が外へ出てこちらを見ているのに気付いた。

新三がきょとんとした顔で見返すと、猿二郎《えんじろう》という年長《ねんちょう》の大工が、

「太ァさん……、女を連れて帰って来たんだよ……」

囁くように言った。

「女を……？」

新三は目を丸くした。

女に関しては、どちらかというと朴念仁《ぼくねんじん》で通っていた太十が、まさか家に連れて来るとは思いもかけなかった。

新三は、そういうことなら邪魔になってもいけないと思い、太十の家の戸をまじまじと見ながら、そっと自分の家へ帰ろうとしたのだが、

「新さん、帰って来たのかい？」

太十の家の中から聞き覚えのある嗄《しゃが》れた声がした。

猿二郎の女房のお岩《いわ》のはずだ。

新三はわけがわからず、そっと太十の家の戸を開けた。

すると、土間の向こうに布団が敷かれていて、そこに若い女が横たわっていた。

その脇に、太十とお岩が神妙な顔をして座っている。

「いってえ、これは……」

新三はますますわけがわからず、二人を代わる代わる見た。

「うちのに聞かなかったのかい?」

お岩が言った。

「いや、太十が女を連れて帰って来たと……」

「それだけかい?」

「ああ……」

「まったく言葉の足りない人だねえ」

お岩はしかめっ面をすると、

「近くのお稲荷さんで、この人が行き倒れていたらしいんだよ」

「それで太十が連れて帰ったと……」

太十は新三に、意味ありげに頷いた。

太十は女を連れて帰り、お岩に頼んでお粥《かゆ》を拵えてもらうと、ひとまずこれを食べさせて、寝かしつけたのだと言う。

「そうでしたかい。お岩さん、そいつはお世話さまでしたね」

新三が小腰を折ると、

「まったく、太ァさんが初めて女を連れて帰って来たと思ったらこれだよ。ふふふ、いかにも太ァさんらしいね。まあ、色々とありすぎて、お粥を食べたら力尽きたってところだね。事情は明日の朝にでも訊ねておあげな。なかなかの縹緻《きりよう》よしだから、このままいてもらったらどうだい？」

お岩は小さく笑って外へ出た。

「ちょいとお前さん、どうしていつも間が抜けた話をするんだい。さあさあ、皆、何でもないから家へお戻り」

そうして亭主の猿二郎を叱りつけ、住人達を巧みに追い払いつつ家に戻った。

「お岩さんか。ありがてえ人だな」

新三は小さく笑った。

「まったくだ。朝になったら、また礼を言っておくよ」

太十は大きく息を吐いた。

「事情は聞いていねえんだな」

「ああ……」

「だが、色々とあったようだな」

「そのようだ」

「お稲荷で倒れていたんじゃあねえんだろ」

「わかったかい」

「永久橋辺りで見つけたんだな」

「さすがは新三だ」

「まさか、身投げじゃあ……」

「その通りさ」

「そうか、そいつは気になるな。おれはお前の調子が狂ったのには気付いたが、それにはまったく気付かなかったよ」

身投げしようとしていたところを押し止めて、長屋へ連れて来たというと、長屋の連中も騒ぐかもしれない。

太十は、三光《さんこう》稲荷社で倒れていたと、咄嗟に取り繕ったのだ。

「いけなかったかなあ」

「いや、太十の分別はよかったと思うねえ」

新三は、すやすやと寝息をたてている女の顔を眺めながら言った。

「今夜は、新三の家に泊めてくれ」

「そいつはいいが、お前が家を明け渡すこともねえと思うがねえ」

「ここで一緒に夜を明かすのは気が引けるよ」

「なるほど、それもお前らしいや。ひとまず話を聞こう」

太十はそっと新三の家へ二人で移り、助けてから今までの経緯を話した。

新三には、彼が少し語るだけでその心情がすぐに呑み込める。

太十は女を助けて連れ帰ったが、彼女が何故身を投げようとしたかについては何も問わなかった。

まずお岩を呼んで、濡れた体を拭いてやってもらい、駕籠に乗る女客の埃《ほこり》よけのための浴衣《ゆかた》がちょうど家にあったので、それを着させて、熱い粥を食べさせた。

その上で、

「今は何も訊ねるつもりはねえから、とにかく体を休めることだ」

と言って寝かせたのだ。

太十に助けられてからは、興奮が冷めやらず、ずっと体を震わせていた女も、心が落ち着くとそこからは死んだように眠ってしまったのだそうな。

そして先ほど帰っていったお岩は太十に気になることを告げていた。

「太十、あの姉さんからは目を離さねえ方がいいな。交代で寝ずの番をしておくか」

新三は一通り話を聞くと、そのように告げて、寝床を整えたが、太十は首を振って、

「いや、お前は寝ていておくれ。こいつはおれが持ち込んだことだ」

きっぱりと新三の提案を拒んだ。

「わかった。何かあったらいつでも言ってくんなよ」

言い出したら聞かない太十である。

新三は苦笑いで、すぐに寝転《ねころ》んだ。

どうせ太十は何があっても自分を起こしはしまいが、いざという時はいつでも手助けが出来るよう、新三は浅い眠りについたのだ。

すると、夜が白む少し前であろうか。

新三は太十が外に出るのを察した。

武芸者に育てられ、旅を続けた頃に養われた五感の鋭さは、今も尚、新三の身に備わっている。

どうやら、寝ずの番をしていた太十が、女が太十の家で目覚め、再び外に出んとする様子に気付いたらしい。

新三はそっと戸口に下り立ち、太十の様子を窺うと、
家の前に立った太十が、中から出て来た女を、

「どこへ行くんだい？」

その場に押し止めたのが見える。

女は干してあった元の着物に着替えていた。

太十の顔を見ると申し訳なさそうに俯いて、やがて観念したようにまた、太十の家の中に入っていった。

太十は再び女が死地へ向かわんとするかもしれないと読んでいたが、女はそこまでの気遣いを見せてくれた男が自分の前に現れたことに驚いたようだ。

太十は、女を家に上げると、

「気持ちが落ち着いても、まだ死にてえのかい？」

穏やかに問うた。

女は座敷に座ると、暗がりの中俯いて、

「どうしていいのかわからなくなりましたが、とにかくここにいてはご迷惑をおかけすることになります」

か細い声で応えた。

「何があっても死んじゃあならねえよ」

太十は小刻みに震える肩をやさしく見ながら、きっぱりと言った。

「でも……」

「でももへちまもねえや。お前さんが死ぬのは勝手だが、子に罪科《つみとが》はねえ」

「え……？」

「お前さんは、身ごもっているらしいぜ」

世話をしてくれたお岩が、太十にそっと耳打ちしたのはこのことであった。

お岩は産婆《さんば》の手伝いなどをしているので、女の様子を見ればすぐにわかるらしい。

「そんな……」

心当りがあるのであろう。女はその場で嗚咽《おえつ》した。

「気付いていなかったんだねえ……」

太十はやりきれなかった。

恐らく女の身に降りかかったあらゆる衝撃が、彼女の母性を鈍らせてしまったのに違いない。

女はしばらく涙にくれながら思案していた。

あらゆる絶望が、彼女に死を選ばせたのであるが、それを助けられ、自分の胎内に子が宿っていると知らされた。

そこにひとつの希望を見出せないか。彼女の様子からは、その葛藤が見え隠れしていたのである。

やがてひとしきり泣いたところで、

「まだ、名を聞いていなかったね」

太十は懐妊を祝うように言った。

女はやっと口許を綻ばせて、

「はい、そのと申します」

太十に祈るような目を向けて言った。

四

これでひとまずおそのの気持ちも落ち着くであろう。

新三はその後は太十に任せて、うとうとと眠りについた。

すると夜明けとなって、太十がやって来て、

「ちょっと、箸と茶碗を持って来てくれねえかい」

と、少しはにかみながら言った。

「何が始まるんだい？」

新三が寝ぼけ眼《まなこ》をこすって問うと、

「おそのさんが朝飯を拵えてくれたんだよ」

太十が告げた。

「なるほど、おそのさんがねえ……。お前が食えばいいじゃないか」

〝駕籠留〟の駕籠舁きの独り者は、店で朝飯が出る。

お龍、お鷹姉妹が威勢よく給仕をして、男達を仕事に送り出すのだ。

「差し向かいで食うなんて、何だか気まずいじゃねえか」

「そんなら拵えてもらわなくったっていいだろうよ」

「何かすることで、力が湧いてくるってこともあると思って、するがままにさせたのさ」

「そいつは確かに……」

新三は大きく頷いた。

「で、何か理由は聞けたのか？」

「いや、名がわかっただけだ」

「てことは何も聞かずに朝まで見守ってあげたわけか。お前は馬鹿がつくほどやさしいねえ」

「川へ身を投げようとしたんだぞ。人に言えないこともあるさ」

「うむ、そうだな。そうぺらぺらと話せるものではないな。わかった、とにかく朝飯をいただこう」

「といっても大したものはないが……」

新三は言われた通りに、箸と茶碗を手に、太十の家へ行った。

そこでは、おそのが甲斐甲斐《かいがい》しく立ち働いていた。

手拭いを帯に挟んで前垂れにし、襷掛《たすきが》けに姉さん被り――。

なかなかにその姿は美しかった。

おそのは生きると決めた。

この先、何が起ころうと、腹に子を宿したからには、自分が死ぬことは許されないのだ。

体力も戻ってきたとなれば、まず生きている証を体で味わいたい。

それが、せめてもの恩返しとなって表れたのである。

「新三さんですね……」

おそのは、新三の顔を見るなり恭《うやうや》しく頭を下げた。

「色々とご迷惑をおかけしたようで、申し訳ございませんでした」

考えてみれば、昨日永久橋で通りすがりに会っていたはずなのだが、新三は気がついていなかったので、これが初対面であった。

「いや、おれは何もしていませんよ。太十、おれの家には米も味噌も切れていて、切れないのは包丁だけときている。お前は大したものだよ」

自分が助けていたとしても、朝飯を拵えてもらうことすら出来なかったと、明るく振舞って、その場を和ませた。

白い飯に梅干、大根の漬物、わかめの味噌汁。

太十が言うように、大した朝飯でもないが、これで十分だし、長屋で食べる飯は、味わい深くて食が進んだ。

新三は、美味《うま》い美味いと飯を山盛り二膳《ぜん》たいらげて、

「色々と理由があるんだろうが、今は何も喋りたくはないってところかい?」

さりげなくおそのに問うた。

「申し訳ありません……」

おそのは首を竦めた。

「それでもいいが、相棒がせっかく助けたんだ。その想いを無駄にだけはしねえでおくれよ」

死ぬんじゃないぞとの気持ちだけを伝えて、

「まず、これから先をどうするかだね」

何を言っていいか言葉を探している太十に代わって話を切り出した。

おそのは神妙に頷いて、

「お助けいただいた二つの命は粗末にはいたしません。それは誓って申します」

しっかりとした口調で応えた。

「それを聞いて安堵したよ。なあ、太十……」

「ああ……」

太十はにこやかに頷いてみせて、

「とはいえ、おそのさん、行くあてはあるのかい？」

新三の助けを借りて、やっと本題に入った。

「行くあてはありませんが、自分で何とかしてみます」

母になる覚悟を固めたおそのは、力強く応えた。

「なかなか何とかならねえよ。考えがまとまるまで、ここにいたらどうだい」

新三がすかさず言った。

「太十はそのつもりなんだろ？」

「ああ、おれは新三の家に泊めてもらうから、ゆっくりと考えたらいいや」

新三が傍にいると、太十の話も前へと進む。

「それはいけません……」

おそのは激しく頭を振った。

「わたしに構ってくださるのはありがたいのですが、きっとそのうちご迷惑をかけてしまいます」

「身を投げようとした裏には、おかしな連中が絡んでいたってことかい？」

太十は、おそのを真っ直ぐ見た。

「だから理由を言いたくないのかもしれねえが、そんならますますこっちも、お前さんを外に出すわけにはいかねえや」

「どうしてそれほどまでに……」

「お節介を焼いた罪さ」

「お節介を焼いた罪……？」

「ははは、太十、好いことを言うねえ。つまりなんだな。生半《なまなか》な気持ちなら、初めからお節介など焼くんじゃあねえってことだな」

「その通りだ」

満足そうに太十が頷いた時。

「何だい。そういうことだったのかい……」

家の表から少し疳高《かんだか》い声がした。

「龍さん……！」

新三と太十は同時に叫んだ。

いつものように朝飯を食べに来ないので、〝鴛籠留姉妹〟の姉・お龍が、業を煮やしてやって来たのだ。

「太ァさん！　こういう人がいるならいると、どうして言ってくれないんだい！」

新三と太十は、まず気にかけないといけない相手を忘れていた。

「龍さん、これには色々と理由があるんだよ」

お龍の剣幕《けんまく》に口ごもる太十の横で、新三が言った。

「理由なんて見ればすぐにわかるさ。あたしも馬鹿じゃないんだ」

「あ、いや……」

「何だい、新さんも新さんだよ。相棒が言い辛い話を、代わりにしてあげるのがあんたの役目じゃあないのかい」

「だから、そうじゃあないんだ……」

「あッ！　もしかしたら、うちのお父っさんだけには話していたとか？　まったく男ってえのは、すぐにぐるになるんだから」

「龍さん、とにかくだな……」

「とにかく朝飯はいらないんだね。表に野良犬がうろついているから、あいつにでもあげておくよ」

お龍の直情径行は凄《すさ》まじい。まるで話にならなかった。

とりつく島もなく、お龍はおそのに頬笑むと、

「あたしは〝駕籠留〟の娘の龍ってもんですよ。太ァさんのことはよろしく頼みましたよ」

一気に言い置いて店に戻って行った。

おそのは呆気にとられて、何が起こったのかと、目をしばたたかせた。

新三と太十は、心配はいらないとおそのに手をかざしてみせると、

「ちょいとおれが行って話してくるよ……」

新三がお龍の後を追いかけた。

「龍さん、ちょっと待っておくれよ。まず話を落ち着いて聞いてくれないか」

「あたしは落ち着いていますよ。太ァさんだって男なんだから、好きにすればいいんだよ。あたしが言いたいのはね」

「だからこれには色々あるんだよ。色々あって太十が家に連れて来たら、女は子を身

ごもっていて……」

「何だって！　太ァさんは、いつからそんな手の早い男になっちまったんだよ……」

新三はとばっちりであった。

それから、お龍と二人で〝駕籠留〟に入って、

「太ァさんを見そこなったよ！」

と、お鷹にぶちまけるお龍に昨夜からの事情を説き、宥めるのに小半刻はかかったであろうか――。

五

かくして、おそのは〝駕籠留〟に連れて来られた。

真実を知ってお鷹は笑い転げ、

「姉さんて、新さんが好きなのかと思ったら太ァさんだったのねえ……」

と、からかわれ、お龍は怒り狂って妹を追い回し、

「おい、止さねえか！」

と、留五郎に窘められる。

駕籠屋の内は一時騒然としたのだが、

「新さん、まずここへ連れて来るがいいや」

親方の鶴の一声で話はまとまったのである。

新三は気が引けたが、太十と二人、おそのにかまけて稼ぎに出ないわけにはいかないのだ。

とどのつまりは、ここで面倒を見てもらうのが何よりもありがたい。

「ほんに、申し訳ございません……」

新三は相棒のお節介は自分の罪でもあるとばかりに、平身低頭で太十とおそのを呼びに戻った。

しかし、お龍はとんだ勘違いをしたのが決まり悪いのか、

「お父っさん、うちで面倒を見るつもりなのかい？　あたしは気が乗らないねえ」

と、仏頂面《ぶっちょうづら》を崩さなかった。

「何を言ってやがんでえ、太ァさんは立派なことをしたんだ。その肩を持つのは当り前のことじゃあねえか」

留五郎は、困った奴だと顔をしかめた。

「でもさあ、おそのって女。何だか怪しいよ」

「身投げしようとした女が、身ごもっていた……、きっと大変な目に遭ったのに違《ちげ》えねえや。せめて身が立つまで面倒を見てやろうじゃあねえか」

「うちは駆け込み寺じゃあないんだよ」

「前に行き場を失った新太《しんた》って子供を預かった時は、お前も随分と世話を焼いていたじゃあねえか」

「幼《いた》いけな子供と、腹ぼての女とはわけが違うよ」

「つまるところ姉さんは、太ァさんが、おそのさんに心を奪われてしまうんじゃあないか。それが気にかかるんだね」

「お鷹！　お黙り！」

「うるせえ！　とにかく、おそのさんは理由《わけ》ありらしい。おかしな野郎から逃げているのかもしれねえんだ。そっと、ここで匿《かくま》うつもりで面倒を見てやるんだ。いいな」

日頃は姉妹に圧《お》され気味の留五郎も、こういうところは男伊達を発揮する。

新三と太十の真の強さをわかっているだけに、二人の後押しをするのは、胸が躍るのである。

そして、新三と太十がおそのを連れて来ると、

「お前さんがおそのさんかい。気持ちが本当に落ち着いて、お腹の子とどうやって生

きていくか。それが決まるまで、何も言わずにここで暮らしなせえ」

男の貫禄を示したものだ。

おそのは、人情に厚い者が次々と自分の目の前に現れることに、随分と当惑しているように見えた。

しかし、それと同時に、この世にはこういう温かい人情が本当にあるのだと思い知らされて、留五郎の親切に寄り添ってみようと気持ちを固め、

「ご迷惑は重々承知でございますが、お言葉に甘えさせていただきとうございます」

おそのは涙ながらに頭を下げたのである。

その上で彼女は、

「持ち合わせが乏しゅうございまして、お礼もできない身でございます。お龍さんとお鷹さんのお手伝いをさせていただきますので、何なりとお申しつけくださいまし」

お龍とお鷹に申し出た。

その物言いや立居振舞を見る限り、どこかの大店の奉公人であったのではないかと、一同は感じていた。

そうだとすれば、そんな女がどうしてこのような仕儀になったのであろうか。

ますますわからなくなってくる。

しかし留五郎は、そんな不審は表に出さず、

「お前さんはしっかりしていなさるようだ。手伝ってもらうとうちも助かるが、一人の体ではないんだ。無理はしなさんなよ」

そのように告げると、

「太ァさん、おそのさんは確かに預ったから、長屋に戻って、たとえ一刻でも寝てから、また新さんと出直しておいでな」

太十にはそのように指図をした。

「いえ、あっしは一晩や二晩眠らずとも、駕籠を舁くのは平気でございます」

太十は胸を叩いたが、

「いや、少し眠れば気分も変わる。今日のところはそうするんだな」

留五郎はそれを許さず、新三と太十を一旦長屋に帰らせたのであった。

「新三、付合わせて悪かったな」

太十は留五郎に、厄介ごとを持ち込んでしまったことを詫びて長屋へ戻ると、新三の肩を軽く叩いた。

「ははは、水くせえことを言うんじゃあねえよ。おれは誰よりもお前の今の気持ちがわかっているから気にするねえ」

「ありがたい……。そんなら新三も一刻眠ってくれ。どうせ、おれがおそのさんを見張っている間、お前はおれを見張ってくれていたんだろう」

二人はそれぞれの部屋へ戻って、それから一刻横になると、再び〝駕籠留〟へ駕籠を取りに行った。

既におそのは、留五郎に言われて、奥の一間で休んでいた。

すぐにでも働くというのを留五郎に、

「いいから今日は、体を休めなさい」

と言われ、お龍に案内させたらしい。

お龍の姿は土間になく、お鷹が少しおもしろがるように、新三と太十の傍へ寄り、

「姉さんはまだご機嫌が悪いようよ」

こっそりと告げた。

「龍さんのことだから、〝あたしに任せておくれ！〟て、胸を叩いてくれると思ったんだがなあ」

新三が嘆くと、

「ふふふ、女というのは難しいのよ。心のどこかでまだ疑っているのかもね」

お鷹はニヤリと笑った。

「疑っている？」

太十が首を傾げると、

「本当のところは、あたし達より若くて、縹緻よしのおそのさんのお腹の子は、太ァさんの……」

「おいおい、鷹さん、やめてくれよ。そんなはずはねえよ……」

太十はしどろもどろになった。

「だから、心のどこかでってことですよ。ふふふ、姉さんも思いの外、女なんだよね……」

男勝りの姉妹だが、妹のお鷹にはどこか人を食ったようなおもしろみがある。

「まあ、もちろん、それだけじゃあないだろうけど。姉さんにしてみれば、何だか苛々《いらいら》する女なんだろうね」

お鷹は悪戯《いたずら》っぽく笑うと、二人の傍から立ち去った。

「親方の言葉に甘えたのがいけなかったかな」

太十はさすがに気にしたが、

「いや、龍さんはそれだけお前のことを大事に思っているってことさ。お前のしたことは立派なんだ。親方が言う通りにしていればいいんだよ」

新三はそれを労って、二人は駕籠を舁いた。

その日、新三と太十は永久橋付近を中心に流して回った。

そこに、おそのの何らかの軌跡が埋れているのではないか――。

そんな気にさせられたからである。

橋の周囲で新三は、今にも川へ身を投げんとしていたおそのを怪しむ者がいなかったかと、人の話に聞き耳をたて、時にはさりげなく、身投げする女を連想させる話をしたりして反応を窺った。

しかし、世間というものは思った以上に薄情で、他人に関心がないらしい。永久橋で不審な動きをしていた女の噂など、まるで聞こえてこなかったのである。

その日は大した仕事も出来ず、すごすごと〝駕籠留〟に戻ると、おそのが、甲斐甲斐しく迎えてくれた。

体を休めろと言われたが、じっとしていられなかったのであろう。

留五郎は、遠縁の娘をしばらく預かることになり店の手伝いをさせていると、おそのについて問われたらそう応えているらしい。

お龍とは上手くやっているのかが気になったが、

「お蔭で皆さんには、よくしてもらっています」

おそのはにこやかに応えた。

――お前さんはどうなんだい。この先どうするか思案はまとまったのかい？

太十はそのように訊ねたかったが、留五郎は、

「焦らず、ゆったりとした目で見てやれば好いさ。人助けってえのは、そもそも面倒なものなんだからよう」

と、新三と太十に言い聞かしていた。

今はその言葉に従おう。甘えておこうと、太十は訊ねずにおいた。

だが、おそのもまた、太十に何か応えねばならないのに、決心がまとまらない自分に、内心苛立ちを覚えていた。

彼女の心の闇は深い。新たな生命を授かったのだから、お腹の子のために負けてはならない。

そんな強い意思が体内から湧いてくるかと思うと、この子を産んだとて、母子共に苦労をするだけなら、いっそ死んでしまった方が好いのではないかと、再び世をはかなんでしまう。

その悪念をどこかへ追いやろうとして、おそのはお龍、お鷹の手伝いに精を出した。

「おそのさんに、ずっといてもらいたいくらいだよ」
お鷹は、そのようにおだてて、上手におそのを使いこなしていたが、お龍はという
と、終始、おそのを冷めた目で見ていた。
そうして、やや膠着《こうちゃく》の体《てい》を見せて、そのまま三日が過ぎた。
おそのは変わらぬ甲斐甲斐しさで、店の用をそつなくこなし、恩人の太十への気遣
いは忘れなかった。
しかし、せめて太十だけには自分が抱えている心の闇を打ち明けるべきだと思いな
がら、
「体の具合はどうだい？　少しは気分も落ち着いたかい？」
会えばやさしい声をかけてくれて、何も問うてこない太十に甘えてしまい、身投げ
の理由は言わぬままに一日が過ぎてしまうのであった。
太十だけではなく、その相棒の新三、親方の留五郎と娘姉妹。おそのを留五郎の縁
者と信じて温かく接してくれる〝駕籠留〟の男達……。彼らの親切をありがたく思え
ば思うほど、
――わたしはやはり、ここを出て行かねばならない。
おそのの考えは、そこへ行きついてしまうのであった。

「太十さん……。新三さんも一緒にお聞きください」

六

その日。

仕事から戻ってきた新三と太十をそっと捉えて、おそのは暇乞《いとまご》いを切り出した。

「お二人の御親切は、お礼のしようもないほどのものです。ありがたすぎて、この身がちぎれそうになります。でも、やはり皆さんをわたしのことで巻き込むわけには参りません。ここを出て、一人でけじめをつけたいと思います。どうかお許しくださ
い」

新三と太十は顔を見合った。

そろそろそういう返事がくるのではないかと、二人は予想していた。

人によっては、いくらやさしくとも、

「そこまで言うなら、もう勝手にしな」

と、突き放したくなるだろう。

だが、太十には放っておけないこだわりがある。

それは新三も知るところだが、ここで口にしてよいかどうか逡巡していると、

「まったく、苛々する女だねえ」

いつしか現れて様子を見ていたお龍が嚙みついた。

「龍さん……」

まずいことになったと太十は慌てたが、こんな時は誰よりもお龍が頼りになるだろうと、新三は太十を制して、彼女に頰笑んだ。

お龍は、決然たる表情でおそのの前に立ち塞《ふさ》がって、

「あたしはねえ、太ァさんがここまでどうやって生きてきたか、詳しくは知らないが、あんたよりはよく知っているから教えてあげるよ。太ァさんがどうして、あんたを放っておけなかったかをさあ」

と、迫った。

太十は何か言おうとしたが、

「太ァさん、ここは出しゃ張らせてもらいますよ」

お龍は物を言わせなかった。

「太ァさんはねえ。幼い時に母親が川へ身を投げるのを見ちまったんだよう」

そして彼女は、おそのにきっぱりと告げたのである。

おそのは体を硬直させて、まじまじとお龍を見た。

新三と太十は貧しい百姓の家に生まれ、共に二親を幼い頃に亡くし、村をとび出した後、二人で手をとり合って旅をして、やがて江戸に辿り着き駕籠舁きとなった——。

お龍とお鷹は二人の過去については、そこまでしか知らない。

駕籠舁き達は、とかく理由《わけ》ありの者が多い。

それゆえ、過去を知りたがるなというのが、姉妹にとっては幼い頃からの教えとなっているのだ。

新三と太十については、謎が多いと思いながらも、それだけ知っていれば十分であったが、太十の悲惨なその事実だけは、留五郎からそっと告げられていた。

太十の母親は、生来病がちであった。それが夫を亡くし、自分も胸に病を抱えてしまい、むしろ自分がいる方が太十のためになるまい、そう考え最後の力を振り絞って川に身を投げたのだ。

たまさかそれを見てしまった太十には、大き過ぎる衝撃であったという。

滅多に人には語らぬが、今や肉親ともいえる留五郎には自ら打ち明けていた。

留五郎は、今後何かの話の中に〝身投げ〟という言葉も出てこようが、太十の前では口にしないようにと、口うるさい娘二人にはそっと告げていた。

お龍もお鷹も、太十が身投げせんとする女を救ったと聞けば、大いに納得出来たが、

「太ァさんのやさしさが仇になるかもしれないよ」

お龍はそれを危惧《きぐ》していた。

そして、太十の心を乱れさせたおそのに嫌悪を覚えていたのだ。

「死にたいなら勝手に死にゃあいいんだ。だが太ァさんには、あの時、母親を助けられなかった無念が体に沁みついているのさ」

お龍はおそのを詰った。

「あんたにどんな理由があるのかは知らないよ。きっと人に言えないことで、聞かされた方は迷惑をしょいこむだけなんだろう。でもねえ、何があんたを川へ飛び込ませようとしたのか、太ァさんはその理由が憎いのさ。だから知っておきたいんだよ。太ァさんを気遣っているのなら、何もかも話しちまいなよ。何も言わずに出て行くなんて、どこまで勝手な女なんだよ！」

その場には四人しかいなかった。

お龍は舌鋒《ぜっぽう》鋭く叱責すると、やがていつもの愛嬌《あいきょう》のある顔となって、

「とにかく話してごらんな」

と、言った。

おそのは大きな溜息をついて、

「はい……。申し訳ありませんでした……。この上は、何もかもお話しいたします……」

と、三人に深々と頭を下げた。

ほっと息をつく新三の横で、太十はお龍ににこやかに頷いた。

お龍は決まりの悪そうな表情を浮かべ、

「太ァさん、許しておくれよ。べらべらと余計なことを言ってしまった……。まったくあたしは堪え性がないねえ……」

太十にぺこりと頭を下げると、奥の居間に駆け込んだ。

七

その夜。

留五郎の部屋に、新三と太十、お龍とお鷹が集い、おそのの話を聞くことになった。
なかなかこれまでの経緯を語らないおそのに、
「焦ることはない」
と言いながらも、業を煮やし始めていた留五郎であったが、
「あのはね返りも、こんな時は役に立つもんだな」
理屈ではなく、熱情と勢いで閉ざされた女の心をこじ開けた、お龍に満足してい
た。
一日、話すとなったら気分が楽になったのであろう、おそのの表情は、昨日までと
比べものにならないくらいに落ち着いているように思えた。
「わたしは、さる大店に奉公に上がっていた者でございました……」
おそのは店の名を言い淀《よど》んだ。恩ある店であるゆえ言い辛いのであろう。留五郎は
それについて問わなかった。
おそのは、十の時に足袋《たび》職人であった父を亡くし、十二の時に母をも亡くした。
縹緻がよく、機転の利く娘であったから、浅草の太物《ふともの》問屋への奉公が、すんなりと
決まった。
主人はおそのをかわいがり、

「うちで勤めあげて、わたしの口利きで好いところへ嫁入りする。この先のことについては、何も案じなくてよいから、まず任せておきなさい」

と、言ってくれた。

しかし、美しく成長するにつれて、主人はおそのを女として見始めた。

折あらば、おそのをどこかへ連れ出し、手込めにしようと企《たくら》んだのだ。

おそのは、あからさまな主人からの誘いに困惑した。

十七になれば、男の視線を見れば身に迫る危機がわかるというものだ。

あんなにかわいがってくれた主人は、いつか自分が大人になるのを楽しみに、好色の目を向けていた。

そう思うと、おそのは大きな絶望に襲われた。

主人の手が付けば、どこかで妾《めかけ》として囲われるか、体《てい》よく追い出されてしまうか――。

いずれにせよ、先行きは闇の中だと、日々不安を募らせた。

そのうちに、内儀《ないぎ》が夫の思惑に気付いて、

「心当りはないか……」

と、おそのにそっと囁いた。

おそのは天の助けと喜んだ。

これはやはり内儀に相談するしかないと思いながらも、自分から言えば主人を訴えることになり、言い辛かったからだ。

おそのは正直に内儀に打ち明けた。

蔵で体を触られそうになったことや、外出の折に怪しげなところへ連れて行かれそうになったこと――。

しかしこれがいけなかった。

内儀は夫への怒りを爆発させ、こっぴどくお灸《きゆう》をすえた。

それによって夫婦仲が険悪となったわけだが、その苛々は、

「お前にもそういう隙があったから、旦那様もその気になってしまったのです」

あろうことか、おそのに向けられた。

いがみ合っていても、夫婦は最後には和解し、不仲の原因を誰かのせいにして落ち着こうとするものだ。

当然、主人の怒りもおそのに向けられている。

内儀が大声で詰ったゆえに、主人がおそのにちょっかいを出そうとした事実は、店の者達に知られてしまっている。

夫婦は、おそのを追い出してしまいたかったが、それでは店の者達に示しがつかない。

主人の非道を奉公人のせいにして、罪なき娘を放り出すのかと、おかしな噂を立てられるのも業腹《ごうはら》だ。

表向きは、おそのに詫びて変わらず奉公をさせているかのように振る舞いつつ、内では以前に増してこき使い、辛い仕事に就かせ、他の奉公人達と差別した。

——このままでは、飼い殺されるだけだ。

おそのは先行きが見えぬ身を嘆き悲しんだ。

そんな時にやさしくしてくれたのが佑三《ゆうぞう》という男であった。

佑三は、店に出入りしている髪結いで、そのほどのよさで誰からも好かれていた。

おそのの辛い立場もどこからか聞きつけわかっていて、

「色々と辛いだろうが、そのうちにきっと好いこともあるさ」

実にさりげなく声をかけてくれるのであった。

おそのは絶望の淵にあって、佑三と言葉をかわす一時だけが、救いとなっていた。

奉公人の中でも、おそのに仕事を押しつける者も出てきて、遣いの用に出た時などは、

「おそのさん、これを届けといてくれるかい。わたしは他にすまさないといけないことがあってね……」

などと言って、おその一人に行かせ、その間に自分は遊びに行くという不埒な者も現れる始末であったが、

「何だい、仕事を押しつけられたのかい」

そんな時に佑三は、どこからともなく現れて、手伝ってくれたりしたものだ。

そして、用を押しつける奉公人については、

「おれがお店の誰かに言いつけてやればよいのかもしれねえが、そうすりゃあ、またお前さんが中で苛められるかもしれねえからな……」

佑三はそう言って慰さめた。

「だが、考えようによっちゃあ、ついているかもしれねえよ。あっちも一人なら、こっちも一人になれたんだ。今日はこれから少しだけ、おれと付合っておくれ」

そして、時にはそっとおそのを連れ出してくれたのだ。

店の蔵で一人片付けをさせられているおそのを、出入りの髪結の利点を生かして、覗いてくれたりもした。

佑三は店の主人と違って、女の扱いがさらりとしていて、おそのが彼に恋情を抱く

のに刻はかからなかった。

やがてわりない仲になった二人は、人目を忍んで密会するようになったのだが、ある日のこと、

「おその、おれと一緒に逃げておくれ」

佑三は、おそのに囁いた。

佑三は、とんでもない不始末をしでかして、やくざ者から命を狙われる身となったと言うのだ。

やさしい佑三のことだ。きっとよかれと思ってしたことが、何か裏目に出てしまったのに違いない。

店の主人夫婦からの迫害は、日々酷くなっていた。

――よし、この人と駆け落ちして、店の者達の鼻を明かしてやろう。

おそのはそう思い立った。

自分のことしか考えていない夫婦。他人に対してはまったく無関心で遊んでばかりいる道楽息子。弱い立場にいる者を助けもせずに、かえって苛めんとする奉公人達。

よくもこれだけ無慈悲な人間が集まったものだ。

――ここは鬼の棲家《すみか》だ。

出て行ってやると、おそのは胸の内に怒りを滾《たぎ》らせた。

何ごとにも控え目に生きてきたおそのが、初めて覚える他人に対しての反抗であった。

それはすべて、自分に惚れ抜いて、一緒に逃げてくれとまで言ってくれた、佑三が授けてくれた力であった。

一旦それに目覚めると、おそのはもう後戻りが出来なかった。

ある夜。そっと店の裏木戸を開け、迎えに来ていた佑三と手に手を取って逃げた。

ところが、ここからがおそのにとっての悪夢であった。

折悪く、店を出て少し行ったところで、

「おい、待ちやがれ……」

「お前は先だっての髪結じゃあねえか」

佑三を二人の勇み肌が呼び止めた。

先日、佑三は些細なことから二人と揉めて、一人を殴りとばしていた。

「あん時は近くを役人が通ったから、そのままにしてやったが、好いところで会ったぜ！」

「あん時はすまなかった。頼む。今は見逃してくんな」

佑三は手を合わせたが、相手は問答無用で、たちまち喧嘩が始まった。

佑三は思った以上に喧嘩慣れしているように見えたが、相手が二人では思うに任せない。

おそのはおろおろとしてしまい、誰か助けを呼ばねばと、夢中で駆け出した。

慌てていたので、いつしか店の裏木戸が見えるところに来ているのに気付き、

「ああ、いけない……」

おそのはまた取り乱した。

すると、裏木戸の向こうから、黒裳束《くろしようぞく》の男達がぞろぞろと出て来るのが見えた。

おそのは息を呑んだ。賊が店に押し込んだのだ。

最後に出て来た二人組は、若い男を質に取っていて、木戸を出しなに若い男の腹に刃を突き立て、木戸の内に蹴り込むと、木戸を閉めて仲間と共に走り去った。

一瞬の出来事であったが、殺されたと思われる若い男は、店の若旦那であった。

おそのはがくがくと震えた。

あの裏木戸を開けたのは自分であったからだ。

そして、自分が佑三と外へ出た直後に、賊が中へ押し入ったのだ。

自分は店を抜け出して外にいる。そうなるとまるで盗人を店に引き込んだようでは

ないか。

若旦那が無惨に刺されたとなれば、店の内の惨状はいかばかりであろう。

おそのはとにかく佑三に報せねばなるまいと、元来た道を戻ったのだが、向こうからおっとり刀で駆けつける役人達の姿を見て、思わず身を隠した。

やがてやり過ごして佑三の姿を捜したが、役人達の姿を見て喧嘩相手と共に逃げたのであろうか、すっかりと逸《はぐ》れてしまった。

おそのはもう、どこにも戻ることが出来ず、ただ呆然自失となったのである。

八

「それからわたしは、どこをどう歩いて朝を迎えたかまるで覚えておりません……」

ただ、道行く人の噂話から、

「お店《たな》の旦那様とおかみさんが殺されて、蔵が荒されたと知りました」

おそのは腹の底に溜まった毒を吐き出すように言った。

「それで、死のうと思ったんだね」

留五郎が訊ねた。

「はい。自分が今できるのは、それしかないと思ったのです」

話を聞いてその場の五人は低く唸った。

おそのの立場を思えば、死にたくなるのは無理もない。

裏木戸を開けてそっと店を出る。しかし、外から錠を下ろせるものではない。まさか、誰かが裏木戸が開いているのに気付く前に、店に賊が押し入るとは、思いもかけぬことであったのに違いない。

「その佑三さんとは……」

太十が問うた。

「それから会っておりません」

「会おうとは思わなかったのかい？」

「何やら恐くて、捜すつもりも失せました」

「佑三さんに騙されたのではないかと、思ったんだね」

新三が言った。

「それを知るのが恐かったのです……」

お龍とお鷹が嘆息した。

こんな切ない話があってよいものであろうかと、おそのの心情を慮《おもんぱか》ったのだ。

佑三は、盗人《ぬすっと》の一味ではなかったか――。

駆け落ちしようと持ちかけられ、裏木戸を開けて出た途端に賊が押し入った。

佑三は一年ほど前から、店の出入りの髪結になったというから、まず内偵をし、引き込む準備をしていた。

そして、おそのの心の隙間に入り込み、駆け落ちをそそのかす。

裏木戸が開けられた後は、盗人達が裏木戸の近くに忍び、頃合を見はからって、中へ押し入る。

それからはまず、息子を質にして蔵を開けるよう主夫婦に迫り、後腐れのないように殺してしまう。

異変に気付いて、寝間の外に出てきた奉公人は有無を言わさず殺し、お宝を奪って逃げるのだ。

そう考えると、佑三はますます怪しくなってくる。

彼が引き込み役なら、店の襲撃はすべて辻褄《つじつま》が合うからだ。

では、佑三はおそのを連れ出した後、彼女をどうするつもりであったのだろう。

盗人の仲間であれば、用済みになったおそのを駆け落ちの道中に殺さんとしていたはずである。

ところが、思いもかけぬ事態が佑三の身に起こった。

以前喧嘩沙汰《ざた》を起こしていた勇み肌二人と、折悪く行き合ってしまった。

佑三としては、ここを何とか逃げて、おそのをどこかへ連れ去りたかったであろう。

だが再び喧嘩沙汰になり、おそのと逸れてしまった。

しかも、異変を察知した役人が彼らの方に向かって駆けつけた。

盗人共は既に逃げたであろうが、おそのは店が狙われたことを知り、自分が引き込みの疑いをかけられているのではないかと思っているはずだ。

それゆえ、おそのが自ら役人に訴え出るとは考えにくいが、見つけ出して始末するに限ると、盗人共は彼女の姿を躍起になって捜しているかもしれない。

一度は駆け落ちをしようと誓った相手に殺されるかもしれない。そんな疑いを持ちながら、どうして佑三に会えるであろうか。死にたくなって当然ではないか。

「わたしのせいで、何人もの人が死んだのです。死んでお詫びをするしかない……」

ふらふらと歩くうちに、また日が暮れてきて、人気のない永久橋の上にいた。

ここから飛び降りたら、この生き地獄から逃れられるのではないか。

おそのは死神に取り憑かれたかのように、川面を見つめていたと言う。

「そこに太ァさんが通りかかって、何か胸騒ぎを覚えたんだねえ……」

留五郎がつくづくと言った。

太十はおそのに不審を覚えたので、駕籠を置いてからすぐにとって返した。幼い頃の衝撃で彼は身投げについて敏感になっていたのに違いない。

「お助けいただいたお蔭で、もう一人殺してしまうところでした。ありがとうございました……」

おそのは、改めて太十に頭を下げた。

太十はおそのに頰笑んでみせたが、助けたところで、この先も続くであろうおそのの生き地獄に言葉が出なかった。

場合によっては、おそのは腹の子の父親に、母子共々殺されていたかもしれないのである。

「わたしを盗人共が捜しているとしたら、こちら様にも災いが及ぶかもしれません。そう考えると辛くて、やはりわたしはここにいられないと思ったのでございます」

おそのは、今まで理由を言えなかったのはそのような事情があったのだと、身を震わせた。

「と言って、おそのさん、お前さん一人で考えたって、埒が明く話でもねえだろうよ」

新三が励ました。

「確かにお前さんのせいで、お店は大変なことになったかもしれねえよ。だが、おれがお前さんだとしても、そんなひでえ店からは消えてやろうと思っただろうよ。龍さんと鷹さんだってそうだろう?」

お龍とお鷹は身を乗り出して、

「あたしだったら、旦那が言い寄って来た時に蹴り倒しているね」

「わたしも姉さんと同じだね」

と、相槌を打った。

太十は真っ直ぐにおそのを見て、

「そういうお前さんを騙した奴がいたなら、そいつが何よりも許せねえ悪党じゃあねえか。そんな奴らをのさばらせておいて、おそのさんが死んでしまうことはないんだ」

強い口調で言った。

「そう言っていただけると力が湧いてきます。だからといって、わたしがのうのうと人様の世話になって生きていてよいのかと……」

おそのは、苦悶の表情を浮かべた。胸の内に溜めていた屈託を人に聞いてもらったので、幾分心はすっきりとしたが、罪の意識は依然彼女の身を嘖《さいな》んでいた。

「お前さんにできることはただひとつだ」

留五郎が話をまとめた。

「頼りになるお役人に洗いざらい打ち明けて、盗人退治のお手伝いをすることだね」

さしあたって、人情に厚い御用聞き、思案《しあん》の長次郎《ちようじろう》に話を聞いてもらい、彼の旦那である八丁堀《はつちようぼり》同心の辻圭之助《つじけいのすけ》に取り次いでもらう。

圭之助は役人然としたところがあり、今ひとつ頼り甲斐のない男だが、彼の父・圭《けい》蔵《ぞう》は、同心から身を引き隠居暮らしをしているものの、日頃から圭之助の弱腰を叱責し、長次郎の話に耳を傾けてくれる。

この先、おそのがお上の取り調べに協力し、盗人一味の尻尾《しつぽ》を摑めたら、お上にも情けはある、悪いようにはすまいと、留五郎は言うのだ。

「お父っさん、でも、聞き入れてもらえなかったら、おそのさんは牢屋《ろうや》へ入れられて、下手をすれば死罪だよ」

お龍が口を挟んだ。

「たとえそうなっても、身ごもっている女は、子を産んでからのお仕置きになるのが決まりだ。おそのさん、どの道子供の命は助かる。ここはひとつ罪を償い、お上の情けを信じて、縋ってみねえかい」

留五郎の意見はもっともであった。

「そのような目明かしの親分さんに引き合わせていただけるなら、わたしは親方の仰る通りにいたします」

おそのは覚悟を決めた。

「うむ、よくぞ了見してくれたね。親分に会う前に、しておきたいことがあったら、おれ達が手助けをするからすましておくが好いや」

留五郎はさすがに、一介の駕籠舁きから、駕籠屋の親分になった男である。実に心配りがきめ細かい。おそのにひとつゆとりを与えることも忘れなかった。

だが、その気遣いがおそのの決意を鈍らせることになった。

お龍の指摘は、もっともであった。

おそのは自分自身、まったく〝苛々する女〟であると自覚した。〝しておきたいこと〟が、頭に浮かんできて、とんでもないことを思いついたのだ。

しばし、沈黙するおそのを見て、

「佑三って男と、もう一度会っておきたいんじゃあないのかい？」

お龍が助け船を出すかのように言った。

見事に図星を突かれて、おそのは口ごもった。

「わかるよ。まだその髪結の兄さんが、盗人の仲間と決まったわけじゃあないんだからね」

「そうか……。それは姉さんの言う通りだ……」

お鷹が大きく頷いた。

どう考えても佑三は怪しいが、以前から盗人一味は、おそのが奉公していた店を狙っていたとすれば、佑三、おそのの駆け落ちを嗅ぎつけ、これ幸いと二人が店を脱け出す折を決行の日に選んだとも言えなくはない。

佑三が、盗人の引き込みであれば、大事の前に町の勇み肌相手に喧嘩などするであろうか。

余りにも脇が甘くないか。

おそのはそこに一縷《いちる》の望みを抱いていたのである。

「だが、会うと言ったって、あてがあるのかい？」

留五郎は腕組みをした。

おそのはまた、少し言い淀んだが、

「もしも逸れた時は、ここで落ち合おうというところがいくつかあります」

予《かね》てから佑三とそんな話をしていたと、打ち明けた。

「なるほど……」

留五郎は少し考え込んでから、

「だが、それは止した方が好い。危な過ぎる……」

溜息交じりに言った。

お龍もしかつめらしい顔をして、

「そうだね。せっかく命を長らえたのに、下手をすれば、お腹の子もろ共に殺されるかもしれないからね」

「まだ盗人の仲間と決まったわけじゃあないにしろ、ここはまだ疑ってかかるべきだと思うわ」

お鷹も相槌を打った。

お上への盗人退治の協力は、まずその場所を思案の長次郎に告げて、内偵してもらうことから始めるべきだと姉妹は言った。

「おそのさんの気持ちは痛いほどわかるが、今宵じっくり思い出して、明日何もかも思案橋の親分に話そうじゃあないか」

留五郎はそのように話を締め括った。

「いや、よけいなこと言って、かえってお前さんの心を乱してしまったようだねえ……」

「いえ、とんでもないことでございます。いちいちお気遣いいただいて、お礼の申し上げようもございません……」

おそのは、明日話をまとめて親分に打ち明けますと言って、五人に深々と頭を下げたが、依然心には迷いを抱えていた。

九

明日、御用聞きの親分に、何もかも打ち明ける――。

そう思うと、おそのに堪え切れない憂うつが覆いかぶさってきた。

それと共に、

――どうしてわたしは、子まで授かった相手を信じようとしないのか。

というやるせなさが湧いてきた。

〝駕籠留〟の人々が言っていることは間違っていない。

状況から見ても、佑三が盗人の一味であるという疑いは拭えない。拭えぬ限りは、盗人共が捕えられた後に、改めて再会を模索すべきであろう。だが自分は佑三と駆け落ちをするつもりだったのだ。あの折、おかしな勇み肌の二人に出会わなかったら、自分は男と二人でそのまま逃げていた。

逃げた先に何が待ち受けていたかは、神のみが知る話ではないか。たとえ、佑三が盗人の仲間としても、自分だけは賊の襲撃に遭わないようにしてやりたいと考えたのかもしれない。

引き込みをした分け前を手に、おそのを連れて旅に出ようとしていたのかもしれない。

何《いず》れにせよ、自分は命を賭《か》けて、佑三と添い遂げたいと思って、あの鬼の棲家から逃げ出したのだ。

訴え出る前に、やはり二人で会ってけじめをつけるべきではなかろうか。

太十に助けられて、おそのは本物の男の真心を知った気がする。

それから考えると、確かに佑三はやさしくしてくれたが、今思えば調子のよさが目立つ。自分は店を出たいがために、ただ縋ったただけの相手だったのかもしれない。そんな気がしてきた。

胎内に子が宿っていると知ったことで、守るべき命のために生きねばならないと誓った。

そうするためには、危うきには近寄らずにおこうと考えた。

自分が生きるためには、子供の父親に会わぬ方がよい。

真に皮肉な話だが、身二つになるまでは軽々しく動いてはならないと、太十を始め
〝駕籠留〟の人々の人情に甘えてきた。

しかし、気持ちが落ち着き、自分の立場や佑三が今どうしているかを考えた時、

――たとえあの人に殺されようと、会わねばならない。

と、いう想いが沸々《ふつふつ》と湧いてきた。

会って真実を問い、子が出来たことを告げよう。

自分の子供もろ共殺そうとするなら、そんな男と一緒に逃げようとした自分を恨む
しかないし、腹の子供にも因果と諦めてもらおう。

――いや、まさか殺しはすまい。

「おれの子を？　おその、でかしたぞ！」

と、喜んでくれるに違いない。

あの人は、店で苛められている自分をいつもそっと支えてくれたではないか。

新三と太十に伴われ、留五郎、お龍、お鷹の前ですべてを打ち明けたおそのであったが、その時既に心の中では佑三に会いたい気持ちが抑えられないでいた。

留五郎に諭されて、二階の部屋に戻る際、彼女は太十の耳許に、

「ありがとうございました。ご恩は一生忘れません……」

隙をついて思わず囁いた。それは彼への申し訳なさが募ったからだ。

そして心の奥底に、

「どうしてわたしは、太十さんのような人にもっと早く巡り合えなかったのだろう」

おそのの正直な女の叫びがあった。

しかし悪縁であっても、自分はひとつの恋に決着をつけねばなるまい。

気持ちが二転三転するおそのは、夜更けて〝駕籠留〟をそっと抜け出さんとした。

彼女が与えられた部屋は二階の奥で、部屋の窓には、少しだけ外へ張り出した手すりがある。

体を外へ出すと戸を閉め、手すりに帯を引っかけ、それを伝って下へ降り、下から帯を引き抜く。

こうしておけば、窓は閉まったままに外から見える。元より身軽であったが、今宵

は不思議なくらい体が動いた。

──本当に苛々する女でごめんなさい。

おそのは自分自身に腹が立ったが、もうどうしようもなかった。

店を抜け出し、太十の家を抜け出し、そして〝駕籠留〟の客間から抜け出す──。

こんなことが出来るのなら、佑三と知り合う前に、いっそあの〝鬼の棲家〟から抜け出してやればよかった。

そうすれば、〝駕籠留〟の厚意を無にするような真似をしなくてもよかったものを。

しかし、佑三に会えて、もしここへ戻って来られるなら、皆の前に土下座して、己が勝手を詫びるつもりだ。

自分が戻って来なかったら、佑三が盗人の一味であったことに他ならない。

〝駕籠留〟の人達は、おそのが打ち明けた話を役人に告げて、佑三をいつかお縄にしてくれるであろう。

もしも逸れた時は、ここで落ち合おうというところがいくつかある──。

おそのはそれをよく思い出して、明日、思案の長次郎に話すと言ったが、実はその場所はただひとつであった。

しかしそこを打ち明けると、もう二度と佑三と会えないような気がしたゆえ、言わなかったのだ。

そこは、芝金杉橋《しばかなすぎばし》の髪結床である。

すぐ近くには芝浜《しばはま》が広がり、海浜を眺めながら髪が結える静かなところなのだが、
そこの主が上方《かみがた》に旅へ出ていて、今は空き家になっている。

土間も座敷も広く、奥には居間もある。

その主と佑三とは昔馴染で、

「廻り髪結のお前がここを使うこともねえだろうが、たまに贔屓を招きゃあいいぜ」

と、合鍵を渡され、佑三は時に風を通しに来ていた。

おそのとの密会にも使ったことがあった。

「もし行き違いがあったら、ここにはいつでも入れるようにしておくから、身を潜めていておくれ」

と、二人で逃げようと誓い合った日に、佑三はおそのに告げたのだ。

別れてから五日が過ぎている。

行ったところで会えるであろうか。

とにかく今宵一夜は、そこに潜み、明日になっても会えなかったら、諦めて〝駕籠留〟に戻ろう。

もっともそれは、この身が無事であったらの話だが——。

おそのは人目を忍びながら、芝への道を急いだ。

こんな夜更けに女が一人で道行く。

それもまた大きな危険を伴うものだ。

しかも胎内に子を宿し、まだ安定を見ない身上というのに、彼女のすることはあまりにも無謀ではないか。

よくここまで盗人達に見つけられずにいられたと思うべきであろう。

何をしても裏目に出るのはどのような因果か——。

二親に早く死に別れたが、縹緻のよさと、気立てのよさが人に認められ、彼女は奉公先には困らなかった。

しかし、行ったところが悪かった。

もう少し気をつけていれば、主人からいやらしい目で見られなかったかもしれない。

もっと上手く立廻っていれば、内儀から嫉妬されて疎まれることもなかったかもしれない……。

そこをしっかり乗り切れなかったゆえに、奉公人仲間からは苛められ、佑三のやさしさに目が眩《くら》んでしまったのか……。

それでも、佑三のやさしさだけが、自分の生きるよすがであったのだ。

それまでも嘘だとすれば、悲し過ぎるではないか。

これだけは真実だと信じたい——。

彼女はその一念に取り憑かれていたのである。

「困った女だねえ……」

そして彼女の行動は、ものの見事に新三と太十に読まれていた。

今、二人はおそのの後をつかず離れず、巧みにつけていた。

留五郎の部屋での別れ際に、おそのは太十の耳許に感謝の念をそっと告げた。

太十は女の感情には疎いが、それが何かの行動の前触れであるとわかる。

——おそのはきっと〝鴛籠留〟を抜け出し、佑三に会いに行く。

太十からそれを聞いて、新三も同じくそう思った。

「ああ、本当に困った女だ……」

と、太十も相槌を打ったが、正義感と人情の塊であるこの二人が放っておけるはずがない。

長屋へ帰るや、二人は〝鴛籠留〟の屋号が記されていない、予備の半纏を着て、杖を手にそっと〝駕籠留〟を見張った。

すると案の定、おそのは店を抜け出した。

しかも、二階の窓から下に降りるという、身重の体で何と大胆な手口であった。

しかし、そこまでして佑三に会って確かめておきたいおそのの想いを察すると、困った女だと苦笑しつつ、二人は言い知れぬ怒りに包まれていた。

さすがに駕籠は担がぬものの、新三と太十は、近くに駕籠を止めて休息している駕籠舁きを演じて、後を追った。二人が手にしている杖は仕込みで、中には刃が隠されている。

人を斬ったことなどほとんどない二人だが、この度は覚悟が違った。

世間の薄情に苛められ、痛めつけられて生きてきたおそのを、無慈悲に殺さんとする者が現れたら、

「容赦なく斬ってやる」

と、心に決めていた。

おそのは駕籠に乗せた客でもない。

ただ、太十が川へ身を投げた母を思い、どうしても助けたいと連れ帰っただけの女であった。

そのために、命をかける二人は馬鹿であろう。

だが、人の皮を被った鬼を退治するのに遠慮はいらない。命をかける代償は敵に払わせてやる――。

夜目に、おそのの様子がそわそわしているように見えた。

いよいよその場所は近付いてきているらしい。

――頼むから、おれ達を怒らせないでくれ。

新三と太十は、天に祈るばかりであった。

十

髪結床の出入り口には錠が下ろされているが、それは見せかけで、事情を知る者ならば、細い鉄棒を抜けば、容易く開けられるようになっていた。

勝手知ったるおそのは、錠を開けて中へ入った。

髪結床は浜辺にぽつんと建っていた。

近くには漁師が網などをしまっておく物置小屋と船小屋があるだけである。

新三と太十は、髪結床にそっと忍び寄ろうとしたが、佑三が盗人の一味であったとしたら、連中は当然ここをどこからか見張っているだろう。

おそのが正義を貫き、佑三を役人に売るかもしれないからだ。

おそのが髪結床に入った後、賊は周囲に役人が潜んでいないか、注意深く見てから行動を起こすはずだ。

そう考えると、新三と太十はうかつに近寄れない。

たとえ佑三が盗人でなくとも、彼は自分がそう疑われていると思っているはずだ。

彼もまた、いきなり髪結床に入らず、おそのが一人で来るのをどこからか見極めてからそこへ向かうだろう。

いずれにせよ新三と太十には自重《じちょう》が求められた。

もしも、中に賊が潜んでいたら――。

その時は、何か異変を感じるだろう。

「神妙にしろい！」

と捕手を演じて、二人で駆け付けるつもりであった。

おそのは命をかけてここへ来たのだ。

その結果がどうなろうが、一目佑三に会わせてやろう。二人はそのように決断していた。

本音を言えば、今すぐにでも髪結床に飛び込んで、連れ帰りたい太十であった。

しかし新三は、

「これは、おそのさんの恋なんだ。おれ達の考えで、人の幸せを決めつけてよいものだろうか。気のすむようにさせてあげて、おれ達は何としても、あの女《ひと》の生命だけは助けられるように努めれば好いだろう」

と、お節介のほど合いを、しっかり計ろうではないかと、それを宥めたのである。

二人には、真にもどかしい刻が過ぎる。

そして、自分達二人がおそのを見守っていることを決して人に知られてはいけない。

その注意をも働かさねばならなかった。

二人はそれぞれ松の大樹の陰にいたが、やがて仕込み杖を背中の帯に差し、猿《ましら》のごとく木の上に登り、息を潜めた。

木の上からは、遠く離れていても、髪結床とその周囲の様子はよく見えた。

おそのは意を決したのであろう。家屋の内にほんのりと明かりが点いた。

「わたしはここにいる」

彼女は外にいるかもしれない佑三に、それを告げたのだ。

髪結床に異変は感じられない。

中にはおそのしかいないと思われた。

すると、やや刻が経ち、近くの物置き小屋から、歳の頃二十五、六と見られる男が出てきた。

男は手拭いで頰被りをしていて、夜陰にその顔はわからなかったが、彼は注意深く辺りを窺うと、出入り口の木戸をそっと叩いて、何かを囁いているように見えた。

すぐに木戸が開けられた。

すると中からおそのが姿を覗かせた。

新三と太十は木の上で頷き合った。

ひとまずおそのの無事と、髪結床を訪ねたのが佑三であると確信が持てた。

佑三はすぐに中へと消えたが、彼の後から髪結床に迫る者の影は見当らない。

気が焦る太十は、すぐにも降りたがったが新三がそれを制した。

いつもなら、こんな時は太十の方が冷静に対処するのだが、太十の心は乱れていた。

自分のためを思い、姨捨山《うばすてやま》にも登られぬ身なら、いっそ口減らしに川へ身を投げんと死んでいった母の面影が、そのままおそのに投影されているのだろう。

何としてでも、死なせてはなるものかという強い決意が、太十から冷静さを奪っていた。

だが、子供の頃からの相棒の存在は心強い。

新三が強く首を振ると、太十は我に返るのである。

すると、髪結床からおそのが、佑三らしき男に連れられて出て来て、浜の方へと歩き出した。

新三は尚も、太十に自重を促した。

物置小屋のすぐ傍に建つ船小屋から、二人の男の影が出て、それがおそのと佑三の後をつけ始めたのである。

──こ奴らこそ盗人の手先に違いない。

おそのの周囲に、捕手の影がないと見て、二人を始末しに出て来たのであろうか。

佑三はどうするつもりか。

新三と太十は、事ここに至って松の大樹からするすると降りた。

そして、駕籠屋の二人が、空駕籠を近くに置いて、連れ小便でもするかのような風情を装いつつ、怪しげな二人をさらにつけた。

しばらく行くと、漁師の家らしきものが見えてきた。

なかなか立派な構えで、母屋の周りには生垣が巡らされている。

佑三はおそのを連れて、そこへ入っていった。すると怪しげな影二つも、後に続いたのである。

外はぽつりぽつりと雨が降ってきた。

新三と太十の表情は、たちまち鬼の形相《ぎょうそう》となっていく――。

十一

髪結床で不安な一時を過ごしたおそのであった。

中に入ってみると誰もおらず、少しほっとした。この上は、佑三が自分の存在に気付いてくれるようにと行灯に明かりを点してみた。

これを不審がって何者かに踏み込まれるかもしれないが、それも承知で賭けに出たのだ。

しかし、誰も髪結床に人は寄りつかなかった。

ここでおそのは、何度か佑三と逢瀬《おうせ》を重ねた。居場所がなかった店を出て、ほんの束の間、佑三と過ごすと、どれほど心が癒されたことか。

つい先日までは、佑三と店を逃げ出すのを夢心地で待っていたというのに、まさかこんなことになるとは――。

「お前のためなら死んだっていいぜ」

そう言って見つめてくれた佑三はどうしているのだろう。

だが、彼の顔を思い浮かべると、同時に太十の顔が浮かんできた。

名前は告げずにおいたが、新三と太十はもう噂を聞いて知っているであろう。

自分が奉公に上がっていたのは、本芝入横町《ほんしばいりよこちょう》の〝まる井《い》〟という太物問屋であった。

主夫婦も息子も殺されたとなれば、既に評判になっていよう。

当然、お上は行方知れずになった女中のことも気に留めているはずだ。

身投げを助けたとはいえ、自分をすぐに出頭させずにいたとなれば、太十を始め〝駕籠留〟の面々にもお叱りは及ばぬであろうか。

それもまた案じられ、彼女の頭の中は破裂しそうになった。

しかしその時、戸を叩く音がして、

「おその……、いるのかい……」

佑三の声がした。

「佑さん……」

久しぶりに交わす言葉が懐しく、思わずおそのの声は弾んでいた。

とびつくようにして木戸を開けると、切羽詰まった表情の佑三が立っていて、

「ああ、無事でよかった。ここをよく覚えていてくれたね」

佑三はおそのの手を取って喜んだ。

「佑さんこそ無事でよかった……」

おそのは佑三の手を強く握ると、

「佑さん、お前さんは盗人の仲間なんかじゃあないわね……」

食い入るように彼の顔を見つめた。

「何を言っているんだよ。そんなはずがあるものか。でも話は聞いたよ。おれ達に疑いがかかるかもしれない。とにかくすぐにここを出よう。この近くに昔馴染の漁師がいて、船で神奈川の湊《みなと》まで連れていってくれるんだ」

佑三は慌てていた。

その様子を見ると、重なった不運に、彼もまた打ちのめされているように見えた。

「それはできないわ……」

おそのは頭を振った。

「どうしてだい……」

「わたしを助けてくれた人と約束をしたのよ」

おそのは、〝駕籠留〟の名は出さなかったが、自分のために何人も死んだのだ。事実を言わねば義理が立たないと、説いた。

「佑さんとは駆け落ちの約束をしたけど、手違いがあって逸れてしまったってことにするから、お前さんは逃げておくれ……」

おそのは涙ながらに思いの丈を述べた。

「わたしは、佑さんを疑ってしまった……。違うとわかればそれだけで好い。生きていれば、またいつかどこかで会えるかもしれないわ。とにかく逃げて……」

佑三は困惑したが、

「お前が疑うのも無理はない。あの時、思わぬ野郎に絡まれて、お前と逸れてしまったおれがのろまだったんだ。だがとにかく、今はおれと昔馴染のところへ行こう。そこでゆっくり話して、朝を待ってどうすればよいか考えようじゃないか」

と、迫った。

佑三の言うのももっともである。

とにかく今はここを離れた方がよいだろう。

おそのは、すっかりと佑三の言葉を信じた。
腹に宿った子供のことは伝えるべきかどうか迷いもした。
言えば佑三のためにならぬのではないかと思案したのだ。
今少し考える間が欲しかった。
そうして、連れて行かれたのが、件の漁師の家であったのだ。
しかし、おそのは入った途端に異変を覚えた。
中には、人相風態のいかがわしい男が三人睨《にら》みつけるようにおそのを見つめていた。
おそのは一目で状況がわかった。
咄嗟に外へ出んとしたが、そこへ外から二人の男が入って来て立ち塞がった。
おそのは佑三の顔をまじまじと見つめた。
しかし、ほの暗い家の中で見る佑三の顔には、いつものやさしい笑みは消えていた。
「佑、命拾いしたなあ……」
そこにいた四十絡みの頭目らしき男が、ニヤリとして言った。
「この女を連れてこねえと、お前の首をもらうつもりでいたからよう」

ぞっとするほど不気味で、恐ろしい声であった。

おそのは声が出なかった。

「まったくよう、大事なところでくだらねえ野郎に絡まれて喧嘩沙汰とは畏れ入ったぜ」

頭目は続けた。

「面目ねえ……。おまけに役人に追い立てられましてね。これで勘弁してやっておくんなせえ」

佑三が応えた。その顔には情感がまったくない。

「馬鹿野郎、勘弁するのはまだ早《はえ》えや。手前《てめえ》の仕事をまずこなしやがれ」

「わかっておりますよ」

おそのは、これ以上ない絶望を覚えた。

今まで、色んな運命の悪戯に翻弄《ほんろう》され続けてきたが、こんなに辛い想いは初めてであった。

「佑さん……、あんた……」

色を失ったおそのの顔を、佑三は嘲笑うように見て、

「まあ、悪く思うな。お前をこの世の生き地獄から助けて、成仏させてやるんだから

よ」

と、迫った。

「初めから、わたしを騙すつもりで……。この人でなし！」

「やかましいやい！　まったく苛々とする女だぜ。お前を仲間にしてやろうと思ったが、お前はどこまでも悪党に成れねえ小娘だ。だから後腐れがねえように、死んでもらうのよう」

佑三は、むしゃぶりつくおそのを邪険に振りほどいた。

「地獄に落ちるがいいわ。自分の子を殺す鬼め……」

「何だと……」

佑三は、口をあんぐりと開けて、おそのを見た。

「ふッ、佑、手前はどこまでのろまなんだよ。女を孕ませるとは、気が利かねえ野郎だなあ……」

頭目がからかって、男達は皆一様に笑った。

「こんなことになるかもしれねえと思ったから、女をおれの前に連れてこいと言ったんだ。お前に任せておくと、おれには女を殺したことにして、そっと逃がすかもしれねえからな」

頭目は、どこまでも残忍な男であった。

だが、誰よりも残忍なのは他ならぬ佑三であった。

「お頭、見くびってもらっちゃあ困りますぜ。女にほだされて、誰の子かもしれねえガキに振り回されるおれじゃありませんや。二人も見張りをつけられるなんて、情けねえ話だ」

と、頭目に嘆いてみせた。

「泣き言は始末してからほざきやがれ」

それを頭目は突き放す。

「わかりやしたよ」

佑三は懐に手を入れて、呑んだ匕首をまさぐった。

「この子と二人で、化けて出てやる……」

おそのは五体にうごめくすべての憎しみと恨みを込めて言った。

「いつでも待っているぜ！」

佑三はそれを張り倒した。

興奮と痛みで、哀れにもおそのは気を失った。

頭目はうんざりとした表情を浮かべて、船小屋で見張っていた二人の手下に、

「髪結床の周りに、役人は張っていなかっただろうな」

と、問うた。

「へい、それらしき者は誰も……」

「よし……」

頭目は佑三に顎《あご》をしゃくった。

「まあ、じっくり見てやっておくんなせえ」

佑三は懐から匕首を抜いて、薄ら笑いを浮かべた。

ところが――。

次の瞬間、彼は突如現れた男を振り返った刹那、白刃で腹を刺し貫かれていた。

同時に入り口付近にいた見張りの二人も血しぶきをあげて倒れていた。

佑三を刺したのは太十、露払いをしたのは新三である。

二人は夜陰に紛れ漁師の家に忍び寄り、鬼の集いを確かめると、問答無用に退治したのだ。

「な、何者だ……」

泣く子も黙る盗賊に、ただ二人でかかる新三と太十に、人の生き血を吸って生きてきた盗人の頭目も、さすがに度肝を抜かれて一瞬動きが止まった。

それでも残る二人の手下と共に、脇差を抜いて応戦しようとしたが、頭目は佑三の腹から引き抜かれた太十の仕込刀に刀を撥《は》ね上げられ、胴を二つに割られていた。二人の手下も新三に斬り立てられ、逃げる間もなく一人は袈裟《けさ》に、もう一人は肩を斬られたところを太十に止《とど》めを刺されていた。

新三と太十は、恐るべき剣の冴《さ》えに、自分自身驚きながら、まだ息がある佑三を見下ろすと、

「お前ほど汚ねえ男を見たことがねえや」

「いつかおれもあの世へ行くが、あっちへ行っても、またお前を斬ってやらあ！」

二人で息の根を止めてやった。

そうして二人は時を移さずおそのを抱きかかえると、雨にけぶる浜へ出て一気に駆け出した。

十二

「ヤッサ」
「コリヤサ」

新三と太十の駕籠は、夏の強い日射しを浴びながら町を駆けていた。

もうすっかり梅雨も明けたようだ。

ことの顚末《てんまつ》はこうなった——。

おそのを案じた新三と太十は、彼女が〝駕籠留〟を抜け出すのを目撃して、そっと後をつけた。

すると彼女は佑三という髪結と会い、彼に連れられて漁師の家へ。

そこで人が争う気配がして、やがて静まったので恐る恐る見てみれば、仲間割れをしたのであろうか、怪しい男達が血を流して倒れていて、傍におそのが気を失っていた。

そして慌てて二人でおそのを担いで戻った——。

新三と太十は、おそのを〝駕籠留〟に連れ帰り、思案の長次郎に来てもらった上で、そのように伝えた。

おそのが正気に戻るまでには時がかかった。

「皆さんに合わせる顔がない」

と、親切を無にして勝手に抜け出した自分を呪《のろ》い涙した。

留五郎、お龍、お鷹は、いたたまれなかった。慰めや労りの言葉も浮かばず、ただ話を聞いてやったものだ。

しかし、長次郎は一通り話を聞くと、

「うむ。そいつは仲間割れが起こったに違《ちげ》えねえ」

と、断じた。

新三と太十の話では、漁師の家から逃げ出した者は一人も見なかったという。

となれば、中にいた盗人は仲間割れの末に全員が死んだことになる。

「きっと、佑三がお前を殺すと見せかけ、隙を衝《つ》いて、他の連中を殺したんだろうよ」

そういうことにしておこうと、長次郎は言葉に力を込めた。

おそのを殺せと言われたが、おそのに自分の子が宿っていると言われて仏心が起きた。

その上、佑三は以前から頭目に対して遺恨があった。

それらが相俟《あいま》って、佑三は頭目に斬りつけ、佑三の肩を持つ者もいて斬り合いになり、全員が大怪我を負い力尽きた。

「佑三は悪党だったが、最期はお前と子供の命を守ろうとした。それしか考えられねえ。それで好いじゃあねえか」

長次郎の言葉に、新三と太十も相槌を打ち、

「おれもそう思うよ」

「お前さんを張り倒したのは、助けようとしての方便だったんだろうよ」

口々に長次郎の推量に同意をした。

「お前は、佑三に騙されたのに気付いて、身を投げようとしたが、太十に助けられて、盗人退治に自ら身を投じたんだ」

盗人は死んでしまったのだ。この先は生き残った者誰もが得になるようにことを収めればよいのだ。

人情に厚い御用聞きの面目躍如《めんもくやくじょ》たる裁きようであった。

それから長次郎は、おそのを〝駕籠留〟に預け、旦那である八丁堀同心・辻圭之助の許へ走り、盗っ人の隠れ家となっていた漁師の家へと繰り出したのだ。

圭之助は、奉行所が力を入れ始めた〝まる井〟押し込みの一件を、思わぬところで自分の手柄として引き寄せられることになり、

「まったくあの駕籠舁きはお節介な野郎達だが、なかなか重宝するぜ。長次郎、お前上手に付き合っておくが好いや」

と、上機嫌で、おそのを三四《さんし》の番屋に、二、三日留め置き、取り調べた後は、

「お前の気のすむようにしてやるがいいぜ」

と、言ってくれた。

そうして長次郎は、取り調べがすんだら、おそのは千住《せんじゅ》で旅籠《はたご》を営む昔馴染の許へ送るつもりだと〝駕籠留〟に伝えたのだ。

世の中には、本当に情に厚い御用聞きの親分がいるのだと、おそのは感涙した。

佑三への絶望も、自分を助けようとしたのかもしれないと思い込むことで、彼女は前を向けたのだ。

「辻の旦那はよう。お前が罪を覚えるなら、腹の子を世のため人のためになる大人に育てることが罪滅しだと言っていなすったよ」

長次郎はそのように言葉を添えた。

それは圭之助ではなく、隠居の圭蔵が言った言葉に違いないと思いつつ、血塗《ちぬ》られた悲惨な一件が、少し和んだような心地が、〝駕籠留〟の中に漂った。

そして今、新三と太十が舁く駕籠に、おそのは乗っている。

向かうは本材木町《ほんざいもくちょう》の通りにある三四の番屋である。

二人の駕籠ならば、腹の子にも障りはあるまい。

これまで無惨にも責め苛まれ続けてきた腹の子は、度重なる母体の危機にあっても、未だに息づいている。

強い子供が生まれるはずだ。

それを願い、新三と太十は長次郎が表で待つ番屋へ、おそのとその子を送り届けた。

言いたいことは山ほどあった。

しかし、おそのはただ深々と頭を下げて、長次郎に連れられ番屋の中へと消えていった。

「さあ、帰ろうか」

おそのを見送ると太十が言った。

「ああ、行くとしよう」

新三はさらりと応えつつ、

「そういえば、朝、店を出しなに龍さんがお前に、何か話していたよな」

と、問いかけた。

「ああ、見ていたのかよ」

太十は恥ずかしそうに応えた。

「何を言われていたんだい？」

「気になっていたってよ」

「何が？」

「おれが、お腹の子共々、おそのさんの面倒を見ると言い出すんじゃあないかってな」

「ははは、そいつはいいや」

新三は腹を抱えた。

「そんなにおかしいかい？」

「おれも同じことを考えていたからさ」

「そんなことをするはずがないだろう。おれ達はしなければならねえことがあるんだぞ」

「うん、そうだな。だが太十、少し惜しいことをしたな。女房と子供がいっぺんに手に入るところだったのによう」

「ははは、うまくいけばそうだったな」

「うまくいくも何も、おそのさんはお前に惚れていたよ」

「そいつはお前の思い過ごしさ」

「いやいや、お前は龍さんにも、おそのさんにも惚れられて、憎い男だよ」

「からかうのはよしにしてくれよ。どうせおれはふられるのが身の定めだ」

「ふられはしねえさ。ふふふ、だが何だったんだろうねえ。お前にとっておそのさんは……」

「それは……」

太十は晴れ渡った空を見上げて、

「そうだ。雨やどりをしたんだな。このおれに……」

「雨やどりか……」

新三はふっと笑うと、彼もまた空を見上げて、

「おっと、向こうの空から雲が出てきやがったぜ、ふられねえうちに、店へ帰るか……」

と、心やさしき相棒に言った。

本書は、講談社文庫のために書き下ろされました。

|著者|岡本さとる　1961年、大阪市出身。立命館大学卒業。松竹株式会社入社後、新作歌舞伎脚本懸賞に「浪華騒擾記」が入選。'86年、南座「新必殺仕事人　女因幡小僧」で脚本家デビュー。以後、江科利夫、岡本さとるの筆名で、劇場勤務、演劇製作の傍ら脚本を執筆する。'92年、松竹退社。フリーとなり、脚本、演出を手がける。2010年、小説家デビュー。以来、「取次屋栄三」「剣客太平記」「居酒屋お夏」など人気シリーズを次々上梓。本作は「駕籠屋春秋 新三と太十」シリーズ第3作。

雨《あま》やどり　駕籠屋春秋《かごやしゅんじゅう》 新三《しんざ》と太十《たじゅう》

岡本《おかもと》さとる

講談社文庫

定価はカバーに
表示してあります

2021年9月15日第1刷発行

発行者――鈴木章一

発行所――株式会社　講談社

東京都文京区音羽2-12-21　〒112-8001

電話　出版（03）5395-3510

販売（03）5395-5817

業務（03）5395-3615

KODANSHA

デザイン―菊地信義

本文データ制作―講談社デジタル製作

印刷―――大日本印刷株式会社

製本―――大日本印刷株式会社

Printed in Japan

ISBN978-4-06-524905-5

講談社文庫刊行の辞

二十一世紀の到来を目睫に望みながら、われわれはいま、人類史上かつて例を見ない巨大な転換期をむかえようとしている。

世界も、日本も、激動の予兆に対する期待とおののきを内に蔵して、未知の時代に歩み入ろうとしている。このときにあたり、創業の人野間清治の「ナショナル・エデュケイター」への志を現代に甦らせようと意図して、われわれはここに古今の文芸作品はいうまでもなく、ひろく人文・社会・自然の諸科学から東西の名著を網羅する、新しい綜合文庫の発刊を決意した。

激動の転換期はまた断絶の時代である。われわれは戦後二十五年間の出版文化のありかたへの深い反省をこめて、この断絶の時代にあえて人間的な持続を求めようとする。いたずらに浮薄な商業主義のあだ花を追い求めることなく、長期にわたって良書に生命をあたえようとつとめるところにしか、今後の出版文化の真の繁栄はあり得ないと信じるからである。

同時にわれわれはこの綜合文庫の刊行を通じて、人文・社会・自然の諸科学が、結局人間の学にほかならないことを立証しようと願っている。かつて知識とは、「汝自身を知る」ことにつきていた。現代社会の瑣末な情報の氾濫のなかから、力強い知識の源泉を掘り起し、技術文明のただなかに、生きた人間の姿を復活させること。それこそわれわれの切なる希求である。

われわれは権威に盲従せず、俗流に媚びることなく、渾然一体となって日本の「草の根」をかたちづくる若く新しい世代の人々に、心をこめてこの新しい綜合文庫をおくり届けたい。それは知識の泉であるとともに感受性のふるさとであり、もっとも有機的に組織され、社会に開かれた万人のための大学をめざしている。大方の支援と協力を衷心より切望してやまない。

一九七一年七月

野間省一

講談社文庫 最新刊

相沢沙呼　**medium**《メディウム》　霊媒探偵城塚《じょうづか》翡翠《ひすい》
死者の言葉を伝える霊媒と推理作家が挑む連続殺人事件。予測不能の結末は最驚&最叫！

朝井まかて　**草々不一**
仇討ち、学問、嫁取り、剣術……。切なくも可笑《おか》しい江戸の武家の心を綴る、絶品！　短編集。

五木寛之　**青春の門**　〈第九部　漂流篇〉
シベリアに生きる信介と、歌手になった織江。2人の運命は交錯するのか——昭和の青春！

多和田葉子　**地球にちりばめられて**
言語を手がかりに出会い、旅を通じて言葉のきらめきを発見するボーダレスな青春小説。

南　杏子　**希望のステージ**
舞台の医療サポートをする女医の姿。『いのちの停車場』の著者が贈る、もう一つの感動作！

岡本さとる　**雨やどり**　〈駕籠屋春秋　新三と太十〉
身投げを試みた女の不幸の連鎖を断つために駕籠《かご》舁きたちが江戸を駆ける。感涙人情小説。

神護かずみ　**ノワールをまとう女**
裏工作も辞さない企業の炎上鎮火請負人が市民団体に潜入。第65回江戸川乱歩賞受賞作！

高田崇史　**京の怨霊、元出雲**　〈古事記異聞〉
出雲国があったのは島根だけじゃない!?　朝廷が出雲族にかけた「呪い」の正体とは。

創刊50周年新装版

大沢在昌　**ザ・ジョーカー**　〈新装版〉
着手金百万円で殺し以外の厄介事を請け負う男・ジョーカー。ハードボイルド小説決定版。

加納朋子　**ガラスの麒麟**　〈新装版〉
女子高生が通り魔に殺された。心の闇を通じて犯人像に迫る、連作ミステリーの傑作！

講談社文庫 最新刊

富樫倫太郎
スカーフェイスIV デストラップ
〈警視庁特別捜査第三係・淵神律子〉
同僚刑事から行方不明少女の捜索を頼まれた律子に復讐犯の魔手が迫る。〈文庫書下ろし〉

小《お》野《の》寺《でら》史宜《ふみのり》
縁《ゆかり》
嫌なことがあっても、予期せぬ「縁」に救われることもある。疲れた心にしみる群像劇！

佐々木裕一
千石の夢
〈公家武者信平ことはじめ(五)〉
あと三百石で夢の千石取りになる信平、妻と暮らすため京へと上る！ 130万部突破時代小説！

新井見枝香
本屋の新井
現役書店員の案内で本を売る側を覗けば、本を買うのも本屋を覗くのも、もっと楽しい。

宮内悠介
偶然の聖地
国、ジェンダー、SNS――ボーダーなき時代に鬼才・宮内悠介が描く物語という旅。

酒井順子
次の人、どうぞ！
自分の扉は自分で開けなくては！ 稀代の時代ウォッチャーによる伝説のエッセイ集、最終巻！

藤野嘉子
生き方がラクになる 60歳からは「小さくする」暮らし
還暦を前に、思い切って家や持ち物を手放したら、固定観念や執着からも自由になった！

舞城王太郎
私はあなたの瞳の林檎
あの子はずっと、特別。一途な恋のパワーが炸裂する、舞城王太郎デビュー20周年作品集！

講談社タイガ

飯田譲治 協力 梓河人
NIGHT《ナイト》 HEAD《ヘッド》 2041(下)
二組の能力者兄弟が出会うとき、結界が破られ、地球の運命をも左右する終局を迎える！

望月拓海
これでは数字が取れません
稼ぐヤツは億って金を稼ぐ。それが「放送作家」って仕事。異色のお仕事×青春譚開幕！

松岡正剛

外は、良寛。

良寛の書の「リズム」に共振し、「フラジャイル」な翁童性のうちに「近代への抵抗」を読み取る果てに見えてくる広大な風景。独自のアプローチで迫る日本文化論。

解説＝水原紫苑　年譜＝太田香保

978-4-06-524185-1
まL1

柳 宗悦

木喰上人

江戸後期の知られざる行者の刻んだ数多の仏。その表情に魅入られた著者の情熱によって、驚くべき生涯が明らかになる。民藝運動の礎となった記念碑的研究の書。

解説＝岡本勝人　年譜＝水尾比呂志、前田正明

978-4-06-290373-8
やP1

講談社文庫　目録

乙武洋匡　五体不満足〈完全版〉
大崎善生　聖《さとし》の青春
大崎善生　将棋の子
小川恭一　江戸の旗本事典〈歴史・時代小説ファン必携〉
奥泉　光　プラトン学園
奥泉　光　シューマンの指
奥泉　光　ビビビ・ビ・バップ
折原みと　制服のころ、君に恋した。
折原みと　時《とき》の輝き
折原みと　幸福のパズル
大城立裕　小説 琉球処分(上)(下)
太田尚樹　満州裏史〈甘粕正彦と岸信介が背負ったもの〉
太田尚樹　世紀の愚行〈太平洋戦争・日米開戦前夜〉
大島真寿実　ふじこさん
大泉康雄　あさま山荘銃撃戦の深層(上)(下)
大山淳子　猫弁〈天才百瀬とやっかいな依頼人たち〉
大山淳子　猫弁と透明人間
大山淳子　猫弁と指輪物語
大山淳子　猫弁と少女探偵

大山淳子　猫弁と魔女裁判
大山淳子　雪猫
大山淳子　イーヨくんの結婚生活
大山淳子　光二郎分解日記〈相棒は浪人生〉
大倉崇裕　小鳥を愛した容疑者
大倉崇裕　蜂に魅《ひ》かれた容疑者〈警視庁いきもの係〉
大倉崇裕　ペンギンを愛した容疑者〈警視庁いきもの係〉
大倉崇裕　クジャクを愛した容疑者〈警視庁いきもの係〉
大鹿靖明　メルトダウン〈ドキュメント福島第一原発事故〉
荻原　浩　砂の王国(上)(下)
荻原　浩　家族写真
小野正嗣　九年前の祈り
大友信彦　釜石の夢〈被災地でワールドカップを〉
大友信彦　オールブラックスが強い理由〈世界最強チーム勝利のメソッド〉
乙　一　銃とチョコレート
織守《おりがみ》きょうや　霊感検定
織守きょうや　霊感検定〈心霊アイドルの憂鬱〉
織守きょうや　霊感検定〈春にして君を離れ〉
織守きょうや　少女は鳥籠《とりかご》で眠らない

岡本哲志《さとし》　銀座を歩く〈四百年の歴史体験〉
おーなり由子　きれいな色とことば
岡崎琢磨　病弱探偵〈謎は彼女の特効薬〉
小野寺史宜《ふみのり》　その愛の程度
小野寺史宜　近いはずの人
小野寺史宜　それ自体が奇跡
大崎　梢　横濱エトランゼ
太田哲雄　アマゾンの料理人〈世界一の美味しいを探して僕が行き着いた場所〉
小竹正人　空に住む
岡本さとる　駕籠屋《かごや》春秋　新三《しんざ》と太十《たじゅう》
岡本さとる　質屋の娘〈駕籠屋春秋　新三と太十〉
岡崎大五　食べるぞ!世界の地元メシ
海音寺潮五郎　新装版 江戸城大奥列伝
海音寺潮五郎　新装版 孫子(上)(下)
海音寺潮五郎　新装版 赤穂義士
加賀乙彦　新装版 高山右近
加賀乙彦　ザビエルとその弟子
加賀乙彦　殉教者
柏葉幸子　ミラクル・ファミリー

2021年6月15日現在